光文社文庫

文庫書下ろし

食いしんぼう魔女の優しい時間

三萩せんや

光　文　社

この作品は光文社文庫のために書下ろされました。

目次

■主な登場人物

黒木理沙　見た目は二十代後半だが、実は三百歳を超える魔女。長い年月に亘る食事で舌が肥えた。今住んでいる街を気に入っている。黒猫ノアルと暮らしている。

東菜々　理沙の住む街に引っ越してきたばかりの大学生。初めての土地で、不安と寂しさを感じている。

谷合陽介　黒猫ノアルを保護してくれた中学生。谷合家は昔からこの街にあり、隣に住む山野辺家とは古くから浅からぬ縁がある。

夏海　魔法を感じ取ることができる中学生。彼女の母、祖母たちも、理沙が魔女であることを知っている。

プロローグ

黒木理沙(くろきりさ)は、魔女である。

見た目は二十代後半だが、その実年齢は三百歳を超えている。

住んでいるのは、築三十年になる都内マンションの一室。昭和の時代からの知人が、当時困っていたところを助けてくれた魔女への恩返しとして貸してくれている。今の大家は知人の孫だが、理沙が魔女だと知っている。

理沙は、この部屋を気に入っていた。

大して広くはないが、一人で暮らすには十分。四階建ての四階、つまり一番上の角部屋で、朝日が良く当たる。マンション自体が高台にあるので、この街一帯がよく見渡せた。

理沙はこの街を知り尽くしている。五十年以上この街に居ついているからだ。

窓の向こうは、開放感に溢れたバルコニーだ。

日射しを遮るもののないそこは、家庭菜園になっている。理沙がこの部屋を貸してもらった当時からコツコツと暇つぶしに育てた猫の額ほどの菜園だが、そこで採れた野菜やハーブが彼女の食生活を彩っていた。

日射しはやわらかく、風は心地よい。

「んん〜……気持ちいい風〜」

生きやすい季節だ、と理沙は思う。

人間にも、虫や動物にも……それから植物にも。

バルコニーに出ると、ちょうど菜園の植物たちも活気に満ちていた。

「あら。ルッコラが食べ頃ね」

バルコニーに出て、理沙は顔を綻(ほころ)ばせる。

ちょっと前に近所の花屋から買い、プランターに植え付けておいたルッコラ。それが活き活きと黄緑色の葉を伸ばしていた。

プランターにはルッコラの他にも、わさっと葉物が茂っている。花も咲くが、食べられるものがほとんどだ。

「あの苗ポット二つから、五倍くらいに増えたんじゃないかしら。元気で大変よろしい……ああ、ミニトマトも早いわね」

バルコニーを見渡せば、他にも食べ頃の野菜があった。

果物だと、今はイチゴが採れる。もう少ししたら、ブルーベリーやラズベリーも食べられるようになるだろう。たくさんは採れないが、ヨーグルトやアイスクリーム等にポンポンと散らすだけで、ちょっとだけ豪華になる。

「ルッコラ、ミニトマト……よし！　今日のお昼ご飯は、フレッシュ野菜のパスタにしましょう。生ハムはこの前〝使い魔便〟でスペインから取り寄せたものがあるし、イタリアからのパスタもまだあったわね。ベリーは……これだけでデザートになるわね。ふふっ」

ひとりごとを言いながら、理沙は菜園から『おいしそうなもの』を選んで収穫する。

長い間ひとりで暮らしてきたため、ひとりごとはすっかり板についている。

室内に戻りキッチンへ向かうと、するり、と黒い影が理沙の足元にまとわりついた。

理沙の使い魔のメス猫・ノアルだ。

毛がふさふさで小型の犬よりも大きい。子猫の頃、既にその辺の大人の猫と同じ大きさだったので、成長した今では理沙も抱きかかえるのにひと苦労する。

「んにゃあ」

「ノアルもお昼ご飯にしましょう。用意するわね」

理沙の言葉に、ノアルは返事でもするように目を細めた。

フサフサの尻尾で一度パタンと床を撫でると、ダイニングテーブルの傍らに姿勢よく座る。そこが彼女の指定席、食卓なのである。

「Parsley sage rosemary and thyme(パセリ セージ ローズマリー アンド タイム)……」

鼻歌を歌いながら、理沙は料理をする。

英国の伝統的な民謡のこの歌を、理沙は気に入っている。

祖母が、母が、その時代ごとのメロディで歌っていた曲だ。時代ごとにメロディや歌詞が変わる不思議な歌だった。

パスタは、寸胴鍋(ずんどうなべ)にたっぷりの水に、これでもかという量の塩を入れて茹でる。茹ですぎないように引き上げて、とびきりおいしいオリーブオイルを絡め、生ハムとルッコラ、ミニトマトを散らす。

小さなココット皿には、採れたてのイチゴを積み上げて。

「ああ、そうだ！　あれも開けましょう」

そう言って理沙が冷蔵庫から取り出してきたのは、エルダーフラワーのシャンパンだ。

花をシロップに漬け発酵させて作る発泡酒。酒ではあるのだが、アルコール分はほとんどなく炭酸ジュースに近い。毎年六月頃になると、理沙は山まで足を伸ばしてエルダーフラワーの白い小さな花を籠いっぱいに摘み、このシャンパンを仕込むのだ。

瓶からグラスに注いだ液体は乳白色で、口に含むとマスカットのような香りとシュワシユワの気泡が口の中で弾ける。

「はあ、おいしい……幸せ……」

最高の食前酒に、理沙はため息交じりに呟いた。

それを合図にでもしたように、ノアルが皿に顔を突っ込みキャットフードをカリカリと齧（かじ）り始める。

その様子を見て、理沙も目の前のパスタに手をつけた。

街中を抜けて窓から入り込んできたそよ風が、サラサラとカーテンを揺らす音。ノアルがカリカリと立てる食事の音。シュワシュワと手元で微かに弾ける炭酸の音。

それを聞きながら、ほんのひと手間だけかけた料理をいただく。

理沙は、このちょっとだけ贅沢な暮らしが好きだ。

自分を労（ねぎら）っている気がする。

ゆっくりまったり、緩やかに進む時間を大事にしながら生きている感じがする。

「この時間があるから、頑張ろうかなって思えるのよね」

舌鼓（したつづみ）を打ちながら、理沙は一人呟く。

ノアルだけは聞いているはずだったが、顔も上げずに己の食事を続けていた。味わうことに集中しているようだ。

素っ気ない態度に、くす、と理沙は笑う。
そうして自分も、同じように目の前の一皿を味わうことにした。
じっくり、たっぷり、時間をかけて……。

第一章　道案内とおいしいプレゼント

魔女。

超自然的で科学的ではない不思議な力――いわゆる〝魔法〟を使える特異な女性のことを指す言葉だ。この魔女という存在についてハッキリとした定義はないのだが、箒（ほうき）で空を飛び、黒猫を連れた、黒いローブ姿の女性を思い描く人は多いかもしれない。

その想像は、わりと合っている。

理沙は黒い服ばかり着ているし、黒猫の使い魔を連れていて、時々、箒で空を飛ぶ。飛ぶのは人目につかない真夜中くらいだが、最近の都会は夜でも明るい。だから、今では特別な時にしか飛ばなくなっている。便利な移動手段だが、仕方ない。

魔女は空想上の存在のようでいて、その実、歴史上にも確かに記された存在でもある。

十五世紀から十八世紀頃の中世ヨーロッパでは、『魔女狩り』が行われていたという。迫害された者の中に本当の魔女がいたかどうかは不明だが、〝魔女〟という概念が既に存在していたという記録は存在している。

実際、魔女は存在する。

理沙がそうだ。

箒で空を飛ぶ程度の魔法が使える。魔法のようによく効く薬を作れる。

それと、不老長寿だ。

二十代後半で、理沙の老化はぱたりと止まった。

喜んでいたのは最初の十年くらいで、それ以降は少し悲しくなった。

仲よくなった者たちとの別れが増えたからである。


しかし生まれた時は普通の人間だった……と、理沙は自分のことを記憶している。

だいぶ前——と一言で済ませるには、三百年は長すぎるのだが——東北の山奥にある小さな村に、母と一緒に住んでいた。

母も魔女で、祖母も魔女だった。

祖母は北欧の人間だったとかで、青い目をしていたのを理沙は覚えている。けれど、サファイアのように美しい瞳以外、ぼんやりとしか覚えていない。幼い頃に会ったきりだからだ。祖母に関しては、生きているのかどうかも分からない。

血の繋がった家族なのに……と理沙も思っていた頃がある。

だが、長すぎる人生の影響か、関係性の薄さがいつの間にか気にならなくなってしまった。

恐らく理沙だけではない。母も、理沙のことを忘れてはいないけれど、娘への興味は一緒に暮らしていた頃ほどではない。親離れ、子離れ、とでもいうのかもしれない。

そのように、理沙の母や祖母は魔女だった。

かたや、父と祖父は、普通の人間だった……らしい。

曖昧なのは、母からそう聞かされただけだからだ。

理沙は、物心つく頃には父と離れ離れだった。そうでなければいけない事情があったのだ、とハッキリ聞かずとも理沙にも何となく分かった。魔女なんて存在と一緒に暮らすなんて、普通ではないからだ。

しかし、普通ではないことが、理沙にとっての普通だった。

それは、魔女として一人立ちするため、自分が住む街を見つけるべく母の住む村を離れ、二百五十年以上が経ってなお同じことである。

魔女は猫が家につくのと同じように、土地につく。

だが不老長寿は、人間社会には異質な存在だ。

そういった存在が固まって暮らせば、悪い意味で目立つ。昔はアンチエイジングの技術など今ほど発達していなかったため、特にそうだった。

だから、大人になった魔女は、生まれ育った土地から遠く離れた場所に巣立っていった。

人間でもそういう家族の形は昔からあったが、現代のほうがより一人で巣立つ魔女の生活に近くなったかもしれない。地域というコミュニティの中に、異質な存在が紛れても以前ほど目立たなくなった。そのおかげで、理沙も暮らしやすくはなった。

そんな風に、古(いにしえ)より魔女は異質な存在だ。

……しかし、普通の人間と同じこともある。

生きている限り、お腹が減る。

頑張れば頑張っただけ、心も身体も疲れる。

魔法が使えれば働かなくともいいかというと、そんなことはない。そこまで便利な魔法は残念ながら存在しないからだ。それに、もし使えたとしても、景気よく使ってしまったら、普通の人間から疎(うと)まれたり、利用されたりすることもある。

そういうのは、理沙はごめんだった。

だから、いつからか理沙はひっそりと暮らしている。

隠れているわけでもなく、他の人間たちに紛れているのだ。

生きていくために必要な生活費も、かつては普通の人間のように働いて稼いでいた。魔女としての知識を使い、薬草やそれを材料にして作った薬を売ったりして金銭的な収入を得ていたのだ。

だが、その商いは時代にそぐわなくなってしまった。

今の理沙は、長い年月をかけて蓄えた箪笥預金と、時々、古い知人から紹介された人相手に占いなどの仕事を不定期に行って生計を立てている。そうして目立たないように気をつけながら、上手くやりくりしていた。

そんな風にお金を稼ぐ術でもあった魔女の力だが、理沙は対価を得ない人助けも時々行ってきた。

寿命に余裕を持って生きているからか「そうしてもいいかな」と思う瞬間が何度か訪れたのだ。急がず、焦らず、ゆっくりと……そうして過ごしながら、この街とそこに住まう住人たちを見守ってきたのである。

そんな理沙の楽しみは、家で贅沢な食事の時間を送ることだった。

丁寧に手料理を作るもよし、お取り寄せするもよし。

好きなものを好きなタイミングで、じっくりと味わう。

たっぷりと人生を楽しむ。

それが、三百年以上も生きてきた理沙の、長く生きる上での秘訣である。

☆

「今日の晩御飯は、外で買ってきましょう」

思い立って、理沙はポンと軽く手を合わせた。

昼の食事を先ほど食べたばかりである。しかし今日のように暇な時は、夕食選びに時間をかけることにしていた。

何にしようかと考えている間も、楽しい時間だ。自由に使える時間なら、理沙にはたっぷりある。

姿見の前で真っ黒なワンピースを着て、淡い萌葱色のカーディガンを羽織る。

どちらも理沙が作ったものだ。

マンションの一室には、機織り機が置いてあって、そこで理沙は裁縫や編み物をしたりする。素敵な色が出そうな植物を見つけた時は、それを使って染色したりもしていた。

「行ってくるわね、ノアル」

大きな黒猫は玄関先に座り、その金色の目を細めて理沙を見送った。

ヒールがなく底がフラットな黒い革靴(スリッポン)は、歩きやすくて見た目もいい。足首まであるワンピースの長い裾をヒラヒラと揺らしながら、理沙はマンションの階段をてくてく下りてゆく。

階段は外に張り出していて、下りてゆく時に眼下に広がる街がよく見えた。

上がってきた風に、理沙の長い髪とワンピースの裾がふわりと浮き上がる。

箒で飛び上がる時と同じ感覚だ。ちょっと、わくわくする。

初めて箒に乗ったのは六歳の頃だったけれど、理沙は今でも飽きていない。けれど、普段から飛び回るわけにもいかないので、近所の移動は徒歩である。

マンションの敷地を出て、理沙は駅方面に足を伸ばした。

そちらには商店街があって、いろいろなお店が軒を連ねている。

肉屋、魚屋、八百屋と専門の店が揃(そろ)っていて、手作りの総菜(そうざい)屋もいくつかある。喫茶店や洋食屋も、チェーン店ではなく昔ながらで続けているところが少なくない。

そのため、商店街はなかなかにレトロで趣のある通りになっていた。

☆

理沙は、この街に七十年ほど住んでいる。

腰を落ち着ける居住地を探しながら、旅でもするように日本の各地を転々としている間に、世界大戦が起きた。

理沙は当時、山奥に引き籠って時が過ぎるのを待っていた。

魔女は魔法が使えるが、どうにもできなかったからだ。きっと、理沙以外の魔女や魔法使いも同じだったことだろう。

戦争が終わったあと、しばらくしてから理沙は山奥から外に出た。

自分にもできることがあると思ったからだ。

日本中を箒で飛び回りながら、理沙は困っている人たちを助けることにした。戦争を止めるほどの力はなかったけれど、誰かをほんの少しだけ幸せにする、そんな魔法は得意だったからだ。

いろいろな土地で、いろいろな人に出会った。

そうして、五年ほどが経過した頃、理沙はこの街に腰を落ち着けることにしたのである。

都内でありながら、この街は戦火を辛うじて回避していた。

完全に無傷というわけではなかったが、戦後の大規模な開発からも逃れた。その結果、昔ながらの街並みが残っている。

昭和以前のレトロな空気が漂っているのは、そのせいだ。

長く生きている理沙にとって、昔の風景が残っている街というのは貴重だった。

理沙が幼い頃に住んでいた村は、元々住んでいる人間が少なかったこともあり、気づけば廃村になっていた。気に入った街も、再び訪れればすっかり変わってしまっていた。

だから、変わっていくようで変わらないところがある絶妙な空気感のこの街を、理沙は愛した。

七十年も居ついてなお飽きずに住んでいるのは、そういうことである。

「ああ、理沙さん。こんにちはぁ」

道中で声をかけられて、理沙はふと立ち止まった。

振り返ると、玄関先から老婆が手を振っている。

「あら、夕子ちゃん」

園芸用の格好からして、庭の草むしりをしていたようだ。

ここの家は昔から庭が立派で、この時季はバラが美しく塀から顔を覗かせている。

「草むしりなんてして。膝はもう平気なの？」

皺（しわ）だらけの顔をニコニコさせている老婆に、理沙は近寄って尋ねた。

陸橋の下で膝を痛めて蹲（うずくま）っていた彼女を見つけ、家まで介助したのが一週間前のことである。加齢で身体が錆（さ）びついてきた、とは理沙も彼女から聞いていたのだが、近頃の気温の高さがそこに輪をかけたようだった。

「理沙さんが教えてくれたお茶が効いたよ。ありがとう」

「それならよかった。でもお医者様の話はちゃんと聞かなきゃだめよ」

「はぁい」

「じゃあ、またね」

手を振る老婆に見送られて、理沙はその場をあとにした。

この街には、昔からの知り合いがいる。

年を取らない理沙だ。不思議がられたり不気味がられたりすることもあったが、そうなる時には相手がほとんど高齢者になっている。『夕子ちゃん』も理沙が出会った時はまだ十代だった。そして彼女が理沙に対して覚えた違和感が確信に変わる頃には、三十年ほどが経っていた。

そうなると、異質なものも日常になる。

年を取らない人間がいても、「そういうこともあるのか」と納得できたりしてしまう。そんな風に納得してくれそうな人とは、理沙も関わるようにしていた。結果的に、その選択によって、現在の理沙の生活圏は心地よい場所になっている。

商店街に向かう道すがら、理沙は何度か同じように声をかけられた。

自分のことを知っている人というのは、長く生きているほど少なくなる。貴重な存在になる。それは魔女ではない普通の人間でも同じことだ。老人たちにとって、理沙は自分たちを知る貴重な存在なのだ。

そして、理沙が知っているのは、人のことだけではない。

この街のことなら、誰よりも知っていた。

道案内をさせれば、右に出る者はいない。野鳥や野良猫よりも道を知っていて、どこに何があるのかもよく把握しているのだ。

だから、道に迷っているこの街の外から来た人がいると、理沙は放っておけなかった。

たとえば、今まさに、商店街の入り口でキョロキョロしているあの若い女性などは――

「ねえ、あなた。大丈夫？」

「へっ？」

理沙が声をかけると、キョロキョロしていた若い女性は弾かれたように振り返った。

年齢は十代の終わりくらいだろうか。

かけた眼鏡の奥の目が、理沙を見てぱちくりと瞬きをした。

地方から出てきたばかりなのかもしれない。理沙にはそういう匂いが分かった。そうい
う匂いをさせた人に会ってきた経験が多いからだ。

「えっと……」

「急に話しかけてごめんなさいね。道に迷っていたりとかしていないかしらと思って」

「そ──そうなんです！」

眼鏡の女性は、そう前のめりに答えた。

「案内できるかもしれないわ。どこに行きたいの？」

「あー、それが……行きたい場所があるわけではなくて……」

もごもご、と眼鏡の女性が言い淀む。

何となく理由は分かったけれど、理沙は彼女が話すのを待った。

急かすほど時間には困っていないどころか、むしろ誰かに分けてあげたいくらい有り余
っている。

「……えっと、実は私、この街に引っ越してきたばかりなんです。なので、全然この街の
ことを知らなくて……どこに何があるのかも分からなくて」

「なるほど。学生さんかしら？」

「は、はい。今年から大学生に」

「ああ、やっぱりそうなのね」

予想が当たり、理沙は微笑んだ。

この辺りには大学がいくつかある。そうでなくとも、電車一本で通える大学は多い。

「えっ。もしかして私、お上りさんっぽいですか……？」

「ううん、そうじゃないのよ。不安そうにしていたから、きっとどこかの新入生なんじゃないかと思ったの」

「なるほど、よかった……」

「この街の案内、しましょうか？」

「えっ」

「私、この街に住んで長いのよ。だから、嫌じゃなければ」

「いえ、嫌だなんてことは全然！　でも、いいんですか？　お時間は……」

「時間なら、あいにくたっぷりあるの」

「そう、ですか……じゃあ、お願いします！」

眼鏡の女性は、折り目正しく頭を下げた。

彼女自身の心がけによるところが大きいのだろうが、きっと大切に育てられてきたのだろうと理沙は感じた。

同時に思った。この街で幸せになって欲しい、と。

「私は理沙。よろしくね」

「待って。私のこと、信用してもいい人間に見える？」

「え？」

「あ……じゃあ、理沙さんの名前は……偽名？」

「出会ったばかりの相手に、本名を教えるのは危ないわ」

「えっと、私の名前は——」

「いいえ。本名よ」

「ええ……危ないんじゃ……」

「私は大丈夫。教える相手をちゃんと見てるから」

「菜々(なな)です」

理沙の言葉に、眼鏡の女性——菜々はハッキリと名乗った。

「あら。いいの？」

「はい。理沙さんは、きっといい人なので」

「詐欺師ではなさそう？」

「ものすごい詐欺師かもしれません。だって、全然そんな感じがしないから」

口元に笑みを浮かべて言った菜々に、理沙も思わず頰を緩めた。

「……って思ったんですけど、理沙さん、詐欺師じゃないですよね？」

「信じられそうなら、どうぞついてきて」

くす、と笑って理沙は歩き出した。

慌てた様子で菜々がついてくる。

「あの、理沙さん。どこに行くんですか？」

「行きたい場所がないのであれば、気ままな街歩きで構わないかしら？　この街を紹介しようかと思って」

「構いません。理沙さんは、この街に住んでるんですか？」

「ええ。かなり長く住んでるのよ」

「長く……五年くらいですか？」

「その十倍くらいかしら」

「まさか。十倍って、五十年ですよ？」

苦笑する菜々に、理沙は答えず、ふふ、と笑った。

菜々も冗談だと思ったのだろう。それ以上の深掘りはしてこなかった。

☆

理沙は駅前から線路沿いに延びる商店街を進み、ぐるりと一周して戻る道のりを選んだ。この街は広くはないが、道は多い。

簡単に紹介するだけでも、結構な時間を歩くことになる。だから荷物は少ないほうがいい。食料品も、帰り道で買ったほうが楽だ。理沙が方針を伝えると、菜々も同意した。

菜々は、先ほどの駅からほど近くにある大学にこの春から通うため、実家を離れて単身で上京してきたのだという。

普通の引っ越しなら、入学までには済ませてあるはずだ。

しかし、菜々の場合は少し違ったらしい。

「なかなか物件が決まらなかったんですよね」

「あら、賃貸の？」

「はい。条件をたくさん付けたとかじゃないし、範囲も広めに探してたんですけど、この辺りって家賃が高いじゃないですか」

「あー……そうね。高いかもしれないわね」

理沙は曖昧に答えた。

住んでいるマンションは知人が無償で貸してくれているものなので、理沙は家賃の相場を知らない。だが、都内でも人気の街であるようだとは知っていた。

「なので、家賃が結構ネックだったんで、普通に住めればいいやって思って探してたんですよね。で、物件も出てはきたんですけど」

「けど？」

「決めようと思った矢先に別の人が契約しちゃってっていうことが続いて……で、一週間前にようやく決まって、引っ越してきたのは先日の連休の最後なんです」

「まあ。連休の最後ってことは、越してきてまだ三日よね？」

「そうなんです」

「入学式後の授業はどうしていたの？　ご実家から通える距離だったのかしら」

「はい、通える距離ではあったんです……新幹線で、ですけど」

「新幹線！　それは大変だったわねえ。新幹線って、定期とかあるの？」

「ありますよ。実家の新幹線最寄りからだと、一ヶ月で十万円超えちゃいますけど」

それを聞いて、理沙は彼女に尋ねた。

「菜々ちゃんは、懐具合に余裕があるほう？」

「……あの、理沙さん。詐欺師じゃないんですよね？」

「もちろん、そのつもりなのだけれど」

「じゃあ、なんで私の金銭事情なんか」

「どんな買い物状況なのかなって思って。菜々ちゃん、一人暮らしなんでしょう？」

「？　はい、そうです」

「お金に余裕があるなら別だけど、そうじゃない場合の一人暮らしで重要なのは、安くていいものを売っているお店じゃないかしら」

「あ、なるほど。それで……」

理沙の言葉の意図が伝わったらしく、菜々はホッとしたようにため息をついた。

それから理沙の質問に「余裕はないですね」と答えた。しょっぱいものでも口にしたような顔になっている。

「菜々ちゃんが新幹線の定期代が簡単に出せるようなら、その心配はいらないんでしょうけど」

「出せません出せません」

ぶんぶん、と菜々は首と手を振って否定した。

「お金もですけど、通学時間も結構かかっちゃうので……さすがに毎日は無理があって」

「そうよねえ、私とは違うものね」

「え？」

「いえいえ、こっちの話よ」

新幹線を使うような距離を毎日、行ったり来たりする……恐らく自分は苦痛ではないだろうな、と理沙は思った。

しかし、それは時間に対しての感覚が麻痺（まひ）している理沙だからだ。

普通の人間には、時間は有限であり、大切な資源である。

一日は、二十四時間。そこから往復の移動だけで何時間も、それも毎日消費するのは、それを望んでいない者からすれば苦痛だろう。その時間にできることもあるし、人によってはやりたいことがあるかもしれない。

「節約、大事よね」

時間の大切さを思い出して呟いた理沙に、「そうですね」と菜々が深々と頷（うなず）いた。

だが、菜々は時間の話ではなく、お金のことだと思ったらしい。

「物件も見つかったし引っ越してきたんですけど、実家もそれほど裕福じゃないし、奨学金も借りてて」

「あら、それは大変だわ」

ため息交じりの菜々の言葉に、理沙は自然な態度で話を合わせることにした。確かにそういう会話の流れだった。

「バイトもそのうちしなきゃって考えてます」

「なるほど。じゃあ、ご飯は自炊が多いのかしらね」

「ですね。あんまり得意じゃないですけど、頑張らなきゃとは思ってます」

「じゃあ、食材はマストね」

ふんふん、と頷いて、理沙は勝手知ったる商店街を歩く。

人が多くて賑やかなのは、人が集まる理由があるからだ。

「とりあえずこの通りを歩けば、必要なものは揃うわね」

左右を見渡して歩きながら、理沙は菜々に説明した。

商店街を作る通りには、コンビニやスーパーマーケットもある。

だが、古くから構えている店も少なくない。そういう店は建物にも年季が入っていた。

「まず、パン屋さんなら、あそこの小道を入ったところにあるわ……まあ、人気がありすぎて売り切れちゃうことが多いけれど」

「ありゃ、それは残念」

「でも、空いてる時間は狙い目よ」

「ってことは、理沙さんはその時間をご存じで……？」

「ええ。でも教えてあげない」

「えぇー……」

「何度か通って、自分で探ってみてちょうだい。きっと、そのほうが楽しいから」

理沙は街の紹介はするが、詳細を明かすのは控えることにしていた。

それは、知っていく過程にも面白さがあると考えているからだ。その面白さを奪うのは野暮であり、親切を通り越してお節介というものである。

もし教えないことで意地悪に思われても、理沙は気にしない。案内も、その上での線引きも、すべて自分自身が決めていることだからだ。

と、歩きながら周囲を見回して、菜々がポツリと呟いた。

「……確かに、自分で攻略していくのは楽しいかも」

呟いた菜々の口元には微笑みが浮かんでいる。

それを見て、理沙は嬉しくなった。

理沙自身、知らない街に行くのが好きだった。

今でこそこの街に落ち着いて暮らしているが、冒険や探検が好きだったのだ。

それで、日本中を箒で飛び回った。

初めての土地で、初めて得た経験もたくさんあった。美しい景色、楽しいひと時、素敵な人との出会い、おいしい食べ物……そんなポジティブな経験だ。

だから、菜々のような初めてこの街を訪れる人から、そういう経験を得る機会を奪いたくはなかった。そういう意味では、できれば訪れた本人に任せるほうがいいと思う。理沙のような他人の介入なく一人で経験するのがいい、と。

しかし、理沙は時々こうして声をかけている。

「……嫌いになって欲しくはないものね」

一人ぼっちは心細い。

菜々は、そういう顔をしていた。

駅前に一人、ポツンと立っていた彼女からは、この街を嫌いになってしまいそうな気配があった。

そういう寂しさに理沙は敏感だ。

長いこと街と人とを観察しているうちに身についた力である。

「え？　理沙さん、いま何か言いました？」

「ううん。なんにも……さ、行きましょう。まだここは商店街の入り口、先は長いわよ」

「はいっ！　よろしくお願いします」

菜々が元気に返事をする。

その声に嬉々とした色が含まれていることが分かり、理沙は頬を綻ばせた。

☆

車よりも人が多い道を、理沙たちはゆったりとしたペースで歩く。

ちょっと進んだだけで何かのお店に当たる。遠出しなくても欲しいものが揃う。

昔からここは、そういう通りだった。

「ここの商店街にある八百屋さんや魚屋さんは、新鮮で安いの。お魚屋さんはお弁当が有名で、結構いろんな人が買いに来るみたいね。あ、ここのお肉屋さんはメンチカツも売ってるんだけど、おいしいわよ」

通りのあちらこちらを示して歩きながら、理沙はそんな風に菜々に紹介した。

理沙には当然見慣れた場所だが、菜々には物珍しかったらしい。

「へえ……私、こういうお店、入ったことないです」

「あらそうなの？　もったいない」

「実家のほうで買い物する時もスーパーとかで済ませてたから、ちょっと緊張するっていうか」

「ああ、一見さんだと緊張するかもしれないわね。でも、お肉屋さんは部位とかグラム単位で切り出してくれるし、お魚屋さんは捌いてくれるし、お店ならではの逸品も売ってたりするから、勇気を出して入ってみる価値はあるわよ」

「理沙さんは、常連なんですか？」

「ええ、結構長く通ってるわよ」

結構どころか、かなり長い。

店の中には戦前から続いている老舗もある。一番付き合いの長い店だと、理沙がこの街に住んだのと同じ年数通っている。

創業当時と立地が変わった店もある。

そして同じ場所で同じように続いている店でも、店主が代替わりしているのが普通だ。高齢の店主がそれでも続けているケースは珍しい。

理沙がこの街にやって来た当時とまるっきり同じという店は、もうないのだ。

あったはずのものがなくなるのは、侘しい。

いたはずの人たちがいなくなってしまうのは、寂しい。

けれど、それでも続いていくものがある。

新しいものが生まれ、新しい人がやって来る。

この街は特に、その続いていく様が見て取れる……過去と未来の、間（あわい）の街だ。

だから、理沙はこの街が好きなのである。

時間の進み方が普通の人とは違う、そういう魔女が溶け込める街だから。

「うーん……常連、いいですね。私もなってみたいです」

「菜々ちゃんもなったらいいじゃない」

「どれくらい通ったらなれるでしょうか？」

「さあ、どうかしら……なろうとしてなるものじゃなく、気づいた時にはなっているものじゃないかしらね」

この街が安住の地だと理沙が気づいたのは、実は最近のことである。

時間が経って初めて分かったのだ。

「あ」

行く先を見て声を上げたのは、菜々だ。

「ここはお花屋さんね」

店先で立ち止まり、理沙は言った。

入り口から奥のほうまで、色とりどりの花で溢れている。まるで店そのものが華やかな花束のようだ。

「切り花やアレンジメントも素敵なんだけど、私はここで苗をよく買うわ」

「苗ですか？」

「そう。バルコニーで育ててるの」

「バルコニーって、いわゆるベランダですよね。いいなぁ」

菜々は瞳をキラキラさせて店の中を覗き込む。

その横顔に、理沙は思わず微笑んだ。

「菜々ちゃんはお花が好きなのね」

「はい。実家が花屋だったので」

「あら、それは素敵。じゃあ、お花屋さんは気になるわよね。中も見てきたら？」

「え。でも……」

「私なら時間もたっぷりあるから、気にしなくていいわよ。心行くまで堪能してらっしゃいな」

「えっと……じゃあ、お言葉に甘えて」

理沙に頭を下げると、菜々は店の中へ入っていった。

ここの店主は、理沙を知っている。だが、仲介するのは無粋だろうと理沙は思った。菜々は、自ら中へと足を進めたのだから。

菜々は、花屋を心行くまで堪能した。時間を忘れたように。

しばらくしてから、彼女は店の外に出てきた。

「理沙さん、お待たせしました」

「いえいえ。もういいの？」

「はい」

「お花、買ったのね」

菜々の手元には、花を覗かせた手提げがあった。

小ぶりなブーケだ。本日のサービス品らしく、手頃な値段である。

「部屋に飾ったら、気分が上がるかなと思って」

「いいわね。そういうの、大事よ。じゃあ、行きましょうか」

花屋の店主が「ありがとうございました」と見送りに出てきてくれた。理沙と目が合うと、にっこりする。

また近いうちにお邪魔するわね、と心の中で語りかけ、理沙は菜々とその場をあとにした。

おいしい香りが、時々鼻先をくすぐる。

この通りには、煎餅(せんべい)屋とたい焼き屋が仲よく並んでいるのだ。

それを敢えて通過して、理沙は先を目指す。菜々も香りに誘われそうになってはいたが、遅れずに理沙についてきた。

商店街があった通りから曲がり、脇道に入る。

車は一方通行という細いその道は、商店街の賑やかさが薄れる閑静な住宅街の中へと延びていた。

「えっと、理沙さん……？」

「安心して、変なところに連れて行ったりはしないわ。この先に、神社があるのよ。最後に、そこも紹介しておこうかと思って。もう行ったかしら？」

「いえ、まだです。そういえば、大きな神社があるとか」

「ええ。縁結びの神社で有名ね」

理沙が街歩きの最後に紹介することにしたのは、この街を見守る神社だった。

この街でも特に心地よい、と理沙が感じる場所である。

この神社は、戦時中にも空襲を受けずに済んだ。そのため、三百年ほど前に建てられた形が残っており、国の重要文化財にも指定されている。

実際の年齢と近いこともあって、理沙はこの神社に親近感を覚えていた。長い時間ほとんど変わらずそこに在る姿が、理沙自身に重なるからかもしれない。

「それにしても、いろいろありますね」

歩いてきた道を振り返り、菜々が感心したように言った。

理沙は自分が褒められたように誇らしい気持ちで「そうでしょう」と答える。

「ここはね、駅周辺には飲食店も多いし、いろんな病院や薬局もあるから、結構都内でも暮らしやすいとは思うわよ。かたや、こんな風に道を一本入っただけの住宅地はとっても静かだし」

「理沙さんは、どうしてこの街に？　ここが地元ですか？」

「いいえ、私の地元はここじゃないわ。この街に来たのは……そうねえ。ご縁かしら」

「ご縁、ですか」

「たぶんね、その時はこの街を選んだ理由があったのよ。でも、時間が経ったからか、本当にそれが理由でここを選んだのかっていうと、分かんなくなっちゃって……きっと、この街に満足したから、はじまり自体はどうでもよくなっちゃったのよね」

「そういうものですかね……あ」

菜々が俯きがちに呟いた時、道の右手に大きな鳥居が現れた。

住宅地の中には不釣り合いなほど立派な神社の入り口に、菜々はしばらくポカンとしていた。

「さ、行きましょうか」

理沙は促して先に進む。

鳥居の前で立ち尽くしていた菜々は、その声にハッとすると慌ててついてきた。

「きっと菜々ちゃんも、住んでいるうちに似たようになるんじゃないかしらね」

「どうでもよくなる？」

「そう」

「なりますかね……」

「何か引っかかっている？」

「いえ……なんていうか、私、ホームシックになってるのかな。これでよかったのかなぁって思っちゃって——あ。ここに引っ越してきた理由というか、進路とかも含めた人生全体の話なんですけどね」

「菜々ちゃんが望んだ流れではなかった？」

「いえ、進路も、引っ越しも、どれも私が望んだんです。それは、そうなんですけど

「……」

「自分の選択が正しかったのか、気になっているのね」

「そう、そうなんです！」

「じゃあ、神社に来たのは、ちょうどよかったわね」

参道を歩きながら、理沙は周囲に目をやる。

街の中と異なり、大きな木々が緑の葉を広げていた。

「わ……」

菜々が声を上げた。

参道脇の緩い斜面に、赤、白、ピンクの花が咲き誇っていたからだ。

「ツツジの花ね。この時期がちょうど見頃なの。毎年お祭りもやってるんだけど、先週までだったわね」

「あー、惜しかったですね」

「けど、おかげでじっくり見られるわよ」

祭りの時期の境内を思い出し、理沙は苦笑する。

見頃であるこの時期、ここで行われる有名な花祭りの人出は凄まじいものだ。都内だけでなく外からの観光客も多くやって来る。賑やかなイベントもいいが、理沙は落ち着いた空気のこの神社が好きだった。

「花の他にも見どころは多いの」

理沙はそう言って、美しいツツジの景色に向けていた目を木々の樹冠の下に向けた。

そこには、キラキラと日射しを照り返す神池がある。その中でたくさんの鯉が悠々と泳いでいた。

神池の上を跨ぐ橋の先には、赤く厳めしい楼門が聳えている。

楼門を潜ると開けた空間に手水舎と舞殿が建ち、その空間の先に構える唐門の奥に、立派な社殿が鎮座している。

「自分で分からないことは、神様に委ねるといいんじゃないかしら」

ぼんやりと景色に見惚れていた菜々の傍らで、理沙は静かにそう口にした。

菜々が咀嚼するように呟く。

「委ねる……」

「さ、お参りしていきましょうか」

社殿に向かう理沙に、菜々がついてくる。

そうして参拝を済ませ、鳥居まで戻ったあとのこと。

「理沙さんって、不思議ですよね」

駅前へと戻る道中で、菜々がぽつりと呟いた。

神社の空気に深呼吸していた理沙が、その言葉に口角を上げる。

「よく言われるわね」

「やっぱり。魔女みたいだなって」

「あー……」

「あっ、いやあの、すみません、私としては褒め言葉というか、素敵だなって意味で」

「ああ、違うのよ。悪口を言われたとかは思ってなくて。私のどの辺がそう感じさせるのかしらって思って」

「雰囲気とか佇(たたず)まい、ですかね。美人だし」

「あら嬉しい」

「それに、喋(しゃべ)り方もどこか古風だし」

「やだ、私もしかしておばあちゃんみたい？」

「えっ？　いや、そんなことは――」

「夕子ちゃんにも言われたのよね……」

「夕子ちゃん？」

「古くからの友達なんだけど……喋り方とかセンスとかが若い人とはちょっと違うよって

言われてね」

先ほど会った友人の夕子は、もうかなりの高齢である。しかし、実際は理沙の方が年上だ。

その夕子からも喋り方については「年寄りよりも年寄りみたいだよ」と指摘されているのだが、理沙本人にはとんと実感がないので困っていた。

「あーそうなんですけど、そうじゃないっていうか……なんていうか、品があるなって思ったんですよ」

苦笑しつつ、菜々はそう言った。

理沙に向けられた彼女の瞳は、キラキラと輝いている。尊敬の眼差しのようだ。

「品、ねえ」

「理沙さんの落ち着いた雰囲気のせいですかね……あの、年齢を訊くのって失礼だと思うんですけど……理沙さんって、何歳なんでしょうか？」

「三百歳とちょっと」

「えっ」

理沙の答えに、菜々は素っ頓狂(すっとんきょう)な声を上げた。

その反応に、理沙はくすりとする。

「魔女だったら、それくらいかなって」

「あ……ああ、そういう！　びっくりしたぁ、急に何の話かと」

「あなたから年の話をしてきたんじゃないの」

「理沙さん、面白いですね」

菜々は困ったような笑みを浮かべる。

三百歳。信じられないことだろう。だが、この反応は理沙も予想していたことだ。

嘘をつくのが苦手なので、理沙は本当のことを答えている。

しかし、最初から信じてくれる者は皆無だった。

最初に答えてから数十年が経って、若いままの理沙を目の当たりにして、それでようやく信じてくれるのだ。夕子をはじめとした、古い友人たちのように。

菜々も、きっと同じように、年を取ってから気づくのだ。今、理沙が話していたことは真実だったのだ、と。

……実はその時を少し楽しみにしている理沙である。

「理沙さんを魔女っぽいと思う理由は、もちろん喋り方だけじゃないです。私が知らないことをたくさん知ってるし、魔法とかも使えそうだなって」

「使えるわよ」

「えっ……まさかぁ」

「本当よ。私、嘘は嫌いなの」

「……本当に？」

「ええ、本当」

そうこう話しているうちに、出会いの駅前に戻ってきた。

「菜々ちゃん。魔法をかけてあげる」

道の端、人の流れから逸れた場所で、理沙は菜々にそうささやいた。

「えっ？」

「ちょっと手のひらを上に向けて、目を閉じてくれるかしら」

「え、え？　目を？……えっと、これでいいですか？」

理沙に言われるまま、菜々は指示に従った。

不思議そうにはしていたが、警戒はしていないようだ。

やはり声をかけてよかった、と理沙は思う。

菜々は、素直な子である。

まだ若く、世の中の汚いことや恐ろしいことを知らないようだ。

だからあのまま駅前に放っておいたら、どんな面倒事に捕まっていたか分からない。ここは穏やかな街だが、面倒事はどこにでも転がっている。

そういうものはできるだけ軽やかに避けていって欲しい……理沙は思いがけず縁あって出会った少女に願いながら、彼女に魔法をかける。

「それじゃ、いくわよ。ちちんぷいぷい――はい、どうぞ」

適当な呪文を唱えてから、理沙は菜々の手のひらに白い包み紙を載せた。

その重みに瞼を開けた菜々は、自分の手の中の物を見て、二度、三度と目を瞬いた。

包みの中を恐る恐る確かめる。

「これって……たい焼き？　えっ、いつの間に？」

「ふふっ。いつでしょうか」

驚く菜々の様子に、理沙は満足げに微笑んだ。

先ほど、菜々が花屋を堪能している間に買っておいたのだ。

「あー、もしかして花屋さんの近くにあったたい焼き屋さんですか？」

「御名答。このたい焼き、絶品なのよ」

「魔法……じゃないですよね」

「どうかしら」

そう。菜々の言う通り、たい焼きを出したのは魔法ではない。

理沙は魔法を確かに使える。

しかし、実際に使うことは滅多になかった。本当に必要な時は使うけれど、今は特に必要な時ではない。菜々は魔法がなくても大丈夫だろうと、理沙は思ったのだ。

でも言ってみれば、今のも十分、理沙にとっては魔法である。人をちょっとだけ幸せにするのは理沙の得意な魔法だ。

「これ、いいんですか？　いただいちゃって」

「ええ、おうちで食べてね。私の時間に付き合ってくれたお礼よ」

「お礼なんて、むしろ私が――そう、そうです！　お礼ですよ！」

何かを思い出したらしく、菜々はそう言いながら手提げ袋の中に手を入れる。

「理沙さん、これ。よかったら」

彼女が取り出したのは、小さな花束だった。

黄色いバラに、ピンクと白のカーネーション、そしてカスミソウと、小ぶりながらも華やかである。

「あら。さっきのお花屋さんのブーケ？」

「はい。今日、この街を案内してくれたので」

「まあまあ……でも、貰ってしまっていいの？　菜々ちゃんの部屋に飾るんじゃ？」

「大丈夫、私のぶんも買ってあるので」

そう言って、菜々は手提げ袋を持ち上げてみせた。

袋の入り口から、理沙のものと同じ花束が顔を覗かせている。

「なので、貰ってください。ぜひ」

「嬉しいわ。ありがとう」

「こちらこそ、です」

理沙はそっと受け取った。

温かい気持ちと一緒に手渡されたようで、花が開くように思わず顔が綻ぶ。

「今日は本当にありがとうございました。案内してもらえて助かりましたし、楽しかったです」

「私もよ。一緒に歩けて楽しかったわ」

「あの……理沙さん。連絡先って訊いてもいいですか？　ＳＮＳのアカウントとか、携帯の番号とか」

「あら、困ったわね……私、携帯電話とか持っていないのよ」

理沙の一般人との連絡手段は、もっぱら固定電話だ。しかも黒電話である。

それを伝えると、菜々はポカンとした。

そうして、じわじわと理解が追いついたらしく、笑い出した。

「あはは……黒電話は、確かにちょっと古いかもしれません」

「そう？　かわいいと思うんだけど」

「かわいいとは思いますよ！　レトロかわいいなって」

「そ、そうよね？」

答えながら、理沙は少し複雑な気持ちだった。

レトロとは懐古趣味という意味だ。

やっぱり古いのね……と理沙は夕子からの感想と重ねて、ちょっと自分の感性について考えた。若さとは、実に難しい。

「えっと、それは……？」

「固定電話でよければ教えるけれど……でも、その必要はない気もするわよ」

「菜々ちゃんがこの街で暮らしていたら、そのうちまた会えるから」

「……会えますか、また？」

「ええ。きっと」

「そっか、よかった…………それじゃ、また」

「ええ。またね」

その会話を最後に、理沙は菜々と別れた。

時刻はもう夕刻である。駅の出口から、仕事や学校帰りの人がぞろぞろ溢れてくる頃だ。と、その人の流れを見て、理沙は不意に思い出した。

「あ！　そうそう、晩御飯を買うんだったわ！」

本日の外出の目的は、今晩の食事の買い出しである。

そのお目当ての品を求めて、理沙は再び商店街へと足を向けるのだった。


菜々と駅前で別れた理沙が向かったのは、商店街の路地裏にある総菜屋だ。

古くからこの地に構えている店で、主に和食を取り扱っている。

並んでいる総菜は、どれもこの街らしいというか、どこか懐かしい味がする。長生きしすぎた理沙には少し馴染み(なじ)みがないのだが、そういう味のことを普通は〝おふくろの味〟とでもいうのかもしれない。

理沙が今晩の食事にこの店の総菜を選んだのは、この街を改めて巡ったからだろう。懐かしさを味わいたくなったのだ。

「ああ、そうだわ。どうせなら、ここも菜々ちゃんに教えてあげればよかった」

店の前まで来て、理沙は思い至る。自分の用事だと思ってすっかり忘れていたが、おいしい総菜屋は一人暮らしには素敵な味方だ。

また会った時にでも教えてあげよう、と理沙は思いながら店先へ向かう。

「お総菜、相変わらずたくさんあって目移りしちゃう。さあ、どうしましょう。そうねえ、今日はワインを開けたい気分だから――」

カボチャの煮付け、豚バラと大根の煮物、きんぴらごぼう、菜の花のおひたし……食べたいものを誰に気兼ねすることなく好きに選ぶ。

実は、和食はワインと相性がいいものが多いのだ。特に醤油とみりんが赤ワインと合うらしい。

満足のいく買い物を済ませると、理沙はそのまま帰路についた。

手に今夜の夕食と、たい焼き……そして、菜々がくれた小さな花束を抱えて。

☆

マンションに帰宅すると、夕食にはまだ少し早い時間だった。

「にゃ」

玄関を開けると、ノアルが座って待っていた。

理沙が帰宅する時、彼女は気配を察知しているらしく、完璧なタイミングで出迎えてくれる。

「ただいま、ノアル」

「にゃ」

「『遅かったね』って？　この街に新しくやって来た子の案内をしていたのよ」

「にゃあ」

「大丈夫、そんなにお節介はしてないわよ。たぶん」

ノアルと話しながら、理沙は部屋の中へ。

買い物袋をキッチンに置いたあと、菜々から貰った花束を花瓶に挿して、テーブルの上に飾った。

「あら。とってもいい感じじゃない？」

ダイニングが、テーブルに花を飾っただけでレストランのようになった。

ノアルも目を細めている。彼女的にも『いい感じ』らしい。

「夕食ってほどお腹も空いてないし……ああ、そうだわ。少し遅いけどおやつにしましょう」

たい焼きを買ってきたことを思い出して、理沙はポンと手を打った。

たい焼きは買ってから、しばらく経っている。だというのに、包み紙の口を開けると、ふわり、と甘い香りが漂ってきた。

とても魅惑的ね、と理沙は口角を上げた。

トースターで温め直して食べることにする。その間に飲み物を用意する。

「たい焼きに合うのは、やっぱり緑茶かほうじ茶……でも、今日はちょっと違う気分なのよね……あ、そうだわ」

思い出した理沙は、バルコニーへと向かう。いくつかハーブティーになりそうなものが茂っていたのを思い出したのだ。

夕焼けに染まろうとする空の下、バルコニーに出て、理沙はいくつかハーブを摘む。普段よりも歩いて少し疲れたので、少しスッキリしたい。だから、そういう効果を期待して選んでゆく。

「パセリ……じゃなくて、レモングラスがいいわね。あとはコモンセージ、ローズマリー、タイム……」

鼻歌のように呟きながら、理沙はハーブを集めた。

キッチンに戻ると、それらを使ってハーブティーを淹れる。

たい焼きは既に焼き上がり、香ばしい香りを部屋中に漂わせていた。お気に入りのお皿に載せて、お気に入りのティーセットと一緒に、ダイニングテーブルへと運ぶ。

ノアルにはおやつとして猫用カニカマをあげてから、理沙はテーブルについた。

ハーブティーをひと口。

爽やかな風味が、喉を流れ落ちてゆく。

身体から疲労感が抜けていくようで、理沙は何だかホッとした。

「うん。いい味ね。それから、こっち」

温かいたい焼きを手に取り、ひと口齧る。

カリッとした歯触りと、そのあとに続くやわらかな餡の層。程よい甘さが、理沙の舌を、頬を喜ばせる。

「ん～～～～～、ここのたい焼きは、本当に絶品ね」

甘さが残る口の中に、さっぱりとしたハーブティーを。

理沙はにっこりする。これが、結構合うのだ。

もくもく、とたい焼きを満足げに頬張り、ハーブティーでひと息つく。

ほう、と理沙は満足げにため息をついた。

「今日はいい日だったわねー……っと。いけない、いけない。まだ夕飯の楽しみも残ってるんだったわ」

理沙の一言に、ノアルが「にゃあ」と鳴く。

『そうよ。あなただけじゃなくて、私の夕飯も忘れないで』という主張に、理沙は笑って謝罪する。

「ごめんなさい、大丈夫よ。忘れていないから」

「にゃあ」

「ええ。何も忘れないわよ……そう。何もね」

未来の予定も。過去の出来事も。

今日の出会いも。誰かと一緒に過ごした時間も。

忘れないわ、と理沙は胸に刻む。

ずっとずっと、私だけは覚えている、と。魔法の呪文を唱えながら……

「……Parsley sage rosemary and thyme」

こうして、魔女の長い長い人生のうちの一日が、今日もまた過ぎてゆくのだった。

第二章　ご近所トラブルと調和のカレーライス

この街は、いい街だ。

そう理沙は断言できる。

確かに小さな問題や瑕疵(かし)は至るところに存在するが、それは世界中のどこでも同じこと。この街は、それでも相対的にかなり平和で穏やかな土地だ。

そうでなければ、理沙はここまでの長い時間、この街に住んでいない。

理沙自身に降りかかる事件もなければ、ご近所トラブルもほとんどなかった。

しかし、それは理沙のマクロな視点で見た場合だ。

個々の人間からすれば、人生を揺るがすようなトラブルも存在するだろう。今まさに、頭を抱えている人もいるだろう。過去、他の誰かが既に解決した問題と、まるで同じ問題に突き当たっている人もいるかもしれない。

理沙にはなかっただけで、今まさに起きているご近所トラブルもあるかもしれない。

たくさんの人の営みがある以上、それは仕方のないことだ。

そんな風に、理沙はもうとっくの昔に諦めていた。

☆

「いい匂い……カレーかしら」

バルコニーに出ている時、風に乗って他所のお宅のキッチンからおいしい香りが届くことがある。

ちょうどハーブを摘んでいた理沙は、届いた香りに思わず微笑んだ。

マンションをはじめ、近所に自分以外の人が住んでいて生活しているのだな、と実感する瞬間だ。普段あまり関わりを持ってはいないだけに、強く存在を感じてしまうのかもしれない。

「……よし。うちもカレーにしましょう！」

今晩の夕食について、理沙はどうしようかと考えあぐねていたところだった。

決まらない時は本当に困る。考えているうちに食材を買うためのお店が閉まった日は最悪だ。

今日も危なかった。バルコニーに出て、摘み頃なハーブで作れそうな料理を考えているうちに、草むしりに熱が入ってしまい、気づけば二時間ほど経ってしまっていたのだ。時間に対する執着がなさすぎるせいで、たびたびこういうことが起きてしまう。

けれど、今日はそうなる前に決まった。

「ついているわね、私」

機嫌よく呟いた理沙は、急いで外出の支度をすると、ノアルに留守番を頼んで家を出た。足早にマンションの階段を下りて、敷地から出る。

「お野菜と、お肉は……鶏にしましょうか。あとは――」

買う予定の食材を思い浮かべながら、理沙は商店街を目指す。

夕焼けの空には、いろいろな台所からの香りが漂っていた。

「うんうん。どこのお宅もおいしそうね」

香りから料理を予想して、理沙は口元を綻ばせる。

理沙は、料理が得意だ。

得意になった、というのが正しいかもしれない。

最初から上手に作れたわけではないからだ。恐らく三百年以上もの間、繰り返し繰り返し行ったために調理の技術が身についたのだろう。

料理の腕だけではない。味覚や嗅覚も同じように洗練された。

古今東西のいろいろなものを食べた結果、理沙の舌と鼻はいろいろな味と香りを覚えた。陸のもの、海のもの……一部地域でしか食べられていないものも積極的に食べた。今でも、見慣れない・聞き慣れない食べ物があると、興味から飛びつきがちだ。未だ知らぬ新しい刺激は、多くを経験してきた理沙にとって貴重なのである。

おかげで、どんな食材を合わせたら、どんな味になるのかも、大体の予測がつく。

そのため、理沙のキッチンには、料理人でも感心するほど数多の調味料やスパイスが揃っていた。カレーも、理沙は既製品のルーは使わず、スパイスを混ぜて味を作る。

とはいえ、大体同じ組み合わせになることが多い。

理沙はたっぷりの時間を有しているものの、お腹が空いている時は食欲に急かされる。そういう時にスパイスの調合をゆっくりやっている余裕はないのだ。

「──うん、やっぱりお肉は豚にしましょう。となると、肩ロースのブロックよね。売ってるかし……ら？」

鼻歌でも歌いそうな気分で歩いていた理沙は、ふとその足を止めた。

道の前方にある民家から、怒鳴り声が聞こえる。

うんざりして、理沙は肩を落とした。

自分に関係がなくても、人が怒っている状況は嫌いだ。愉快な気持ちでも途端にしぼんでしまう。

「何かしら、嫌だわ……って、待って。あそこの家は確か……」

不意に理沙は目を凝らした。

長い人生の記憶、その一部が蘇ったのだ。

「……そうだわ。山野辺さんと、谷合さんのお宅ね」

どちらも昔からこの地に住んでいる一家だ。

それぞれ一度、老朽化した家屋を建て替えてはいるが、両家とも住所は変わっていない。

この街の中でも、長く住んでいる人たちである。

とはいえ、理沙は両家ともに、あまり関わりは深くない。

理沙は不老長寿であることを考え、積極的に他人と関わることはしてこなかった。

関わるにも、理沙の中でルールがある。

この土地との縁が薄い者は、多少関わってもよし。ずっと土地に根差して生きていくわけではないからだ。

土地との縁が深いほど、この土地との縁が深い理沙とも関わることになる。だから、理沙は先日、菜々に道案内をした。彼女が一時的にこの土地に来た者だったからだ。

反対に、この土地との縁が深い者は、避けるようにしていた。

花屋の主人や夕子などは例外で、理沙が関わらざるを得なかった相手だ。たまたま縁があったともいえる。それがない相手とは同じ街に長く住んでいたとて一度も喋らないなど、特に珍しくもないことだ。理沙がそういうルールで動いているからだ。

ここ、山野辺家と谷合家も、理沙が関わらずにきた者たちである。

しかし、両家のことを理沙が知らないわけではない。

関わりがないことと認知しているかは、また別の問題だ。

「あー……また揉(も)めてるのね」

前方を見つめた理沙は、眉を寄せて呟く。

怒鳴り声がしているのは、谷合家のほうだ。

しかし、家族間の揉め事ではないようである。言い争う声は玄関先から聞こえている。山野辺家の者が、谷合家に乗り込んでいるところなのだろう。

この両家、過去にも揉めているのを理沙は知っていた……というか、その時も揉めている現場を実際に見ていた。そのため、期間はそこそこ空いているが、さすがに三回目なので驚くこともなかった。ある意味、この時点で理沙と縁があるとも言える。

どうせ一時的な喧嘩だろう。

そう思い、理沙はこの状況を無視することにした。刺々しい声が漏れ出ている道を少し憂鬱な気分で通り抜ける。

その時だった。

「ああもうっ、俺が出ていけばいいんでしょう！」

谷合家の門から、ダッと人が飛び出してきた。

突然、目の前に現れた相手に、理沙は「きゃっ」と悲鳴を上げた。

反射的に避けようと動いたが、軽くぶつかってしまう。痛くはないが、びっくりした。

「あっ……すみませんっ」

中学生だろうか。飛び出してきた制服姿の小柄な少年は、ぶつかった理沙に頭を下げた。

だが、そのまま走り去ってしまう。

「と――とにかく！　どうにかしてくださいよ！」

走り去る少年の背を驚きのまま見ていた理沙は、その声にハッとした。

話が終わったらしい。肩を怒らせた六十代ほどの男性が、玄関に背を向けると門から出てくる。山野辺家の現在の主だ。

理沙は急いで道を開けた。目を合わせないように明後日の方に視線を向ける。

「はあ、困ったわね……陽介もどこに行くつもりで……」

飛び出していった少年の母親だろう。山野辺さんが自宅に戻ったあと、ため息をつきながら家の中に入っていった。

「……相変わらず、大変ねえ」

途端に静かになった道の傍らで、理沙は肩を竦めた。

今夜のカレーにわくわくと躍っていた心が、しんみりしてしまう。

「ああ、だめだめ。楽しい気持ちで今日を終えたいんだから」

気を取り直して、理沙は商店街へと向かった。

☆

「あー、よかったぁ。いいものが手に入って」

豚肩ロースのブロック肉を手に、理沙はほくほくしながら肉屋をあとにした。

既に八百屋での買い物も済ませている。買い物袋には、たくさんの野菜が入っていた。

夕方だが、産地直送のおかげかまだ新鮮だ。

「これでおいしいカレーが作れるわ」

気持ちのいい買い物ができたことを喜びながら、理沙は家路を急ぐ。急いではいるが、出来上がったカレーを想像して鼻歌が零れる。

そんな風に、道中の出来事はすっかり忘れていた……この時まで。

「あら？　あれは……」

理沙の自宅マンションのほど近くには、小さな公園がある。

そのベンチに、見覚えのある人物が座っていた。

先ほど、商店街へ行く道中で谷合家から飛び出してきた制服姿の少年だ。様子からして、あれから家に帰っていないようである。

彼が家を飛び出したのは、山野辺のせいだろう。しかし、山野辺が怒鳴り込んだ原因までは、理沙にも分からない。

そして、揉め事には関わらない。それが理沙の生き方だ。

私は、誰も、何も、見なかった……ということにして、理沙は公園の脇を通り過ぎ、マンションへ向かう。

そう決めて通り過ぎたところで、理沙の脚は自然と止まった。

「……今のは」

自分の目を疑いながら、後ろ向きに数歩戻る。

公園のベンチに座っている少年が、猫を抱いていた。

その猫は、黒くて……しかも、デカい。中型犬並みにデカい。尻尾の毛はふさふさで、箒のようだ。

「えっ、ノアル⁉」

少年の膝の上にいたのは、使い魔の黒猫だった。

驚いて声を出した理沙に、黒猫――ノアルは「んにゃ」と答えた。しかし、少年の膝から動く気はないらしい。

「あ、あなた何してるのこんなところでっ……？」

「あ。この猫、お姉さんのところの子ですか？」

「え……ああ、うん。そうなのよ。うちの子なんだけど……家にいたはずなのに」

「にゃ」

「脱走しちゃったんじゃないですか？」

「にゃうおーん」

『いいえ。そうではないのよ』とノアルは言った。

ノアルの言い分はこうだ。

『〝使い魔便〟が来たから受け取ったの』

使い魔便というのは、カラスや黒猫が配達員をしている宅配便のこと。魔女や魔法使いのもとに遠方から荷物を運んでくれるサービスである。

大型の荷物だと人目につかない深夜が配達時間なのだが、手紙などの小型郵便物の場合は夕方頃から配達している。スタッフ不足のため、配達時間を広げているらしい。ノアルが受け取ったのは、その小型郵便物だろう。

ノアルは、器用にも玄関の扉などは開けることができる。

『だけど、ちょうど外に魅力的なスズメさんがいらっしゃったから、思わず追いかけてしまったのよね。で、玄関の外に出ちゃって』

「オートロックで締め出されたのね……」

『聞き捨てならないわ。私の意思で外に出たのよ』

「あら。中に戻れなくなったくせに」

「……お姉さん、猫の話が分かるんですか？」

少年が不審げな顔で理沙に尋ねた。

理沙は――というか、魔女は――動物の言葉が分かる。会話や意思の疎通も可能だ。

だが、普通の人間には、にゃうにゃう言っているようにしか聞こえない。

そして、猫と堂々と会話している理沙は、ちょっと普通ではない。

「あー……まあ、ね。長い付き合い――飼って長いから、ある程度は？」

「ふうん……いいですね」

「そ、そうかしら？　変じゃない……？」

「自覚あるんですか？」

少年が困惑したように目を瞬く。

それから彼は、ノアルを撫でながら何だか疲れたような横顔で呟いた。

「変……かもしれませんけど、人間同士なのに何言ってるか分からない人のほうが変です」

そこは否定しないのね、と理沙は苦笑する。

同時に、彼の言葉が引っかかった。

少しやさぐれた言い方をしたのは、恐らく先ほどの山野辺のせいだろう。

現に、彼は言葉不足だと気づいたらしい。慌て出した。

「あのっ。変っていうのは、お姉さんのことじゃないですから……ちょっと、いろいろあって、それを思い出して」

「いろいろ？」

「その……」

「ああ、話したくないならいいの。無理には訊かないわ」

促したものの、理沙はそう断った。面倒事に首を突っ込む趣味はない。

ではなぜ少年に訊いたかというと、ノアルである。

彼女がうにゃうにゃ小声でささやいてくるのだ。『話を聞いて、知っていることを教えてあげたら』と。

ノアルは、この少年が気に入ったらしい。

黒猫が彼の膝の上で満足げに喉を鳴らす様子を見て、理沙は肩を竦めた。

猫の中でも些か大きな身体のノアルである。膝に載せているだけでも重いと思うのだが、少年は彼女を退けたりしなかった。その恩もあるので、理沙は少しだけ首を突っ込むことにしたのである。

でも、断られたら別にそれまで……そう思っていたのだが。

「お姉さん、そういえばさっき、俺ぶつかりましたよね」

理沙をじっと見つめて、少年が言った。

どうやら思い出したらしい。

「あー、そうだったかしら」

「え……別人………なわけないですよ。お姉さんみたいな美人なひと、見間違いようないですって」

「あら嬉しい」

理沙は気をよくした。

何歳になっても美人と言われれば悪い気はしない。

「あー、確か、ぶつかったかもしれないわ。びっくりして忘れてた」

「あの時はすみませんでした。怪我はしなかったですか？」

「ええ、大丈夫。だって、忘れてたくらいだもの」

「よかった……」

少年は安心したように呟いた。

それから無言でノアルを撫でていたが、意を決したように口を開いた。

「さっき……なんか、隣の家の人が苦情を入れに来たんですよね」

ぽつり、ぽつり、と少年は零す。

彼に話す気があるようだったので、理沙はこのまま聞くことにした。

「えっとー……お隣って山野辺さん？」

「そうです。え……もしかして知り合いですか？」

「ううん。一方的に知っているだけよ。あなた――谷合さんの家も」

「え、うちも？」

「どちらも古くからあるお宅でしょう。それで身内から聞いたことがあっただけよ」

「ああ、なるほど……確かにうちは昔からの家です」

納得してくれたらしい少年に、理沙は内心ホッとした。

疑い深い相手だとやりにくい。

全面的に信用されても、それはそれで心配になるのだが。

「そうです。うちは谷合です。で、隣が山野辺さん……その山野辺さんが、急にうちに来て、騒いでいったんです」

「何かあったの？」

「何もなかったはずなんですけど……」

「山野辺さんは苦情を入れに来たってことだったけど、何て言われたの？」

「その……うるさいって。あ、別に大音量で曲を聞いてたとか、家の中で大騒ぎしてたとかじゃないですからね？　普通の生活音に文句つけてきたんですよ」

「生活音に？」

「玄関のドアとか窓の開け閉めとか、その程度の」

「もちろん、思い切りバーンッってやってたりは」

「してないですよ。俺がそんなことやってたら、まずうちの親に怒られます。親がやってるのは論外」

彼の両親はしっかりしているようだ。

戸建てに甘えず、近所に配慮して暮らしているらしい。

「山野辺さんも、キイキイって音がうるさいって……たぶん、窓の立て付けとかですかね。とにかく、騒音には気をつけて生活してます。近所に迷惑かけるなって昔から言われてましたから」

「なるほど。ご近所トラブルに気をつけているのは、昔から住んでいるご家庭だからかしらね」

「まあ、揉め事は町会とかですぐ回るみたいですからね……」

この地域にも自治会は存在する。

結成は、昭和三十年頃。つまり理沙がこの街に定住しはじめた頃からあるのだ。

谷合家と山野辺家のような古い家ならば、その参加歴も長くなる。必然、よく知られた家ということで、噂も会の中で広まりやすいようだった。

古くからの住人である魔女についての噂が広まっていないのは、ひとえに理沙の秘密主義と、友人たちの口の堅さのおかげなのだ。今は会に入らない人も増えていて、理沙は楽になったとも言える。

「そんなわけで、思い当たる節がなかったんですよ。何かの間違いじゃないかって親が確認してたら、山野辺さんが『息子がうるさくしてる』って……」

「それで家を飛び出してきたのね」

「あっ！　もちろん、いま話したようにそんなはずないですから」

「分かるわ。あなた、うるさくするタイプじゃなさそうだもの」

「分かるんですか？」

「もしもそういう人だったら、うちの猫は寄り付かないわ」

ノアルが応じるように目を細める。

行動で逐一びっくりさせるような相手に、猫は――少なくともノアルは心を許さない。寛げないからだ。

昔、猫が好きすぎて敬遠されるほど絡み、全ての猫に避けられていた理沙は、実感を込めて頷いた。同じ十代だった頃の自分と比べると、彼はずいぶんと落ち着いている。

最近は時代のせいか大人びた子が多いと理沙は感じているが、彼はその中でもしっかりした子だ。手放しに感心してしまう。

だから、助けてあげるのもやぶさかでないわね、と理沙は思った。

「谷合くん。あなたの家とお相手の山野辺さんの家だけど……実は、二十年周期で揉めてるのよね」

理沙の言葉に、少年は目を瞬いた。

「いま二十年周期って……言いました？」

「言ったわ」

「それって、どういう……」

「二十年前も、四十年前も、揉めてたってこと」

「……あの。それが本当だとして。お姉さんはなんで知ってるんですか？」

「見たもの」

「お姉さん、そんなに年いってるんですか……？」

「あ、ええと、違うの。見たのは知り合いよ」

理沙は慌てて誤魔化した。

確かに、この見た目で四十年前のことを知っていたら変に思われるかもしれない。最近は見た目の若い人も増えたが、それでも限度がある。

嘘をつくのは苦手だが、彼は先日の菜々とは違い、この土地と縁が深い。誤魔化す必要がある。

「やっぱりそういう噂って広がるんですか……うちのこと、実は有名になってたり……」

「い、いえ、私が知ったのはたまたまだと思うわ」

やりにくいわね……と思っていると、ノアルが少年に甘えてみせた。

少年の意識が疑問からノアルに逸れたので、これ幸いと理沙は説明を続ける。

「その……揉め事の理由は、毎回それぞれ違うみたいなんだけどね。四十年前は植木の葉っぱの敷地はみ出しが原因で、二十年前は飼い猫への餌付けが原因だったたって話よ」

お隣さんの猫が勝手に敷地に侵入していたのだけど……という情報については、理沙は伏せておくことにした。現在の喧嘩の原因を敢えて増やす必要はない。

「それで今は、うちの生活音が原因……」

少年は少し考えるように黙った。

それから、やはり納得できないというように首を傾げる。

「でも、ずっと隣に住んでる人間の生活音がうるさいって、おかしくないですか。今まで言ってきたことないのに……」

「子供の頃は静かだった？」

「いえ、子供の頃のほうがうるさかったと思うんですよ。まあ、俺も大きくなりましたし、子供の頃は目をつぶってくれていたのかもしれませんけど」

「じゃあ、谷合くんは、山野辺さんの言い分がおかしいって感じてるのね」

「それは……はい。やっぱりおかしいと思います」

　きちんと考え直してから答える少年に、冷静ね、と理沙は好感を抱く。ここで感情に任せて答えるようならば、少し困っていたところだ。

「……っていうか、難癖つけるなら、もっといいタイミングあったのに」

　少年がぽつりと呟く。

　その言葉に、理沙は「たとえば？」と尋ねた。

「家の建て替えとか。十年前ですけど」

「その時の山野辺さんは、何も言ってこなかった？」

「はい。別に、何も……他にも騒音になりそうなことは、いろいろあったはずでしたけど……」

　友人らを呼んだ誕生日会。遠方の親戚の宿泊。母親の玄関前での井戸端会議。父親の洗車などなど……確かに、苦情を入れられそうな状況だ。しかし、それらについては特に山野辺は触れてきたことがないという。

　まあそうよね、と理沙は思った。

　その時は大丈夫で今がダメだという、根本的な原因があるからだ。

「……あの、お姉さん。二十年周期って言いましたよね」

少年が思い出したように言った。

理沙は「ええ」と頷く。

「言ったわ。二十年周期で揉めてるって」

「どうして揉めるんですか？　病気とか？」

「そういう可能性もあるけれど、お隣さんの場合はちょっと違うと思うわ」

認知症などが原因で突然怒りっぽくなる人もいる。

しかしそうではないことを、理沙は知っていた。

同時に、今回の諍（いさか）いの原因が何なのかも。

「違う……じゃあ、何なんですか？」

「年齢よ」

理沙の答えに、少年は「え？」と疑問の声を上げた。

「お隣のお宅、三世代のご年齢って、だいたい二十歳ずつ離れているでしょう？」

「俺は知りませんけど……お姉さんは知ってるんですか？」

「ま、まあね」

「詳しいんですね」

「私の知人がね」

「ふーん……」

少年は、少し考えるような素振りを見せた。

事情通の理沙に何か感じたのかもしれない。

あるいは、警戒か。

山野辺の身内かもとか、噂を広める人間かもとか、心配するのは普通のことだ。むしろそれくらいのほうが安全である。老若男女問わず、騙(だま)そうとする人間はどこにでもいるのだから。

「……えっと。それで、その二十歳ずつ離れていることと、揉め事が起きている周期に、何の関係が？」

ややあって、少年は理沙にそう質問をした。

疑問に蓋をしたのかもしれない。それでいい、と理沙は胸を撫で下ろして答えた。大事な警戒心だが、今は手放しで信じてくれたほうがいい時だ。あと、やはり嘘が苦手である。

「厄年(やくどし)ってあるでしょう？　あんな感じね」

理沙の答えに、少年は目をぱちくりさせた。

「えっと……厄年？　あの、何歳になったらお祓(はら)いとかしたほうがいいっていう」

「そう、その厄年」

「その……厄年って、本人が大変な目に遭いやすい年みたいなものですよね？」

「そうだけど、そうじゃないのよ」

「？」

「厄災が降りかかる年。それはそう。でも、そうなりやすい原因が生じる時期でもあるの」

「そうなりやすい、原因……？」

「厄年ってね、変化の年なのよ」

身体が変わったり、社会的立場が変わったり、人生の転機が訪れたり……そういうことが起きやすい時期。ゆえに厄年では厄災が降りかかりやすくなる。

「お隣さんはそのものズバリの厄年には当たらないけれど、二十年ごとに変化が訪れやすい家系みたいね。だから、お隣にあるあなたのおうちも、二十年ごとにその影響を受けてしまう」

「……迷惑だ」

少年は心底嫌そうな顔でボソッと呟いた。

その反応は妥当なように理沙にも思える。

山野辺家が不幸にも辛い状態に陥ってしまっているとして、隣にいるだけで当たり散らされては堪らないというものだ。

だが、事はそう一元的な話ではないのを理沙は知っている。

「ええ、迷惑よね……でもね、あなたのお宅もお隣相手にやってるのよ」

「え」

「二十年周期でね。ちょうどお隣とはそのタイミングが十年ずつズレているようだけど」

「そんな……いや、待てよ」

否定しかけて、しかし少年は何かに思い至ったようだった。

十年前のことを思い出したのだろう。

「……家を建て替えた？」

「って、あなたも言っていたわね」

「山野辺さん側に、こっちが迷惑かける側だってこと、ですよね……」

「そういうことになるわね」

「ずっとそういうことが続いていた……？」

「三十年前は、あなたのお祖父さんが山野辺さんの家に乗り込んでいったみたいね。布団を叩く音がうるさいって」

「祖父ちゃん……マジか……」

「あなただって、あと数年年を取って、それでまだ家が変わらずお隣と並んでいたら」

「嫌だ、絶対やらない。俺は、そういうことはやらない……」

自分に言い聞かせるように、少年はぶつぶつと呟く。

周期の影響は、恐らく変えられない。

それは運命などというあやふやなものではなく、人間が生きていく上で起きる変化の話だからだ。身体の変化、精神の変化、環境、社会的な立場……それらは、生きていれば避けようがない。

しかし、意識することで『結果』は変わるかもしれない、と理沙は思う。

その時に少年が今日のこの話を覚えていたら——否、忘れていたとしても、意識のどこかに残っていれば……

「……気をつけます」

少年は、そう一言だけ零した。

まだ起きていない将来の憂いである、考えても仕方がないと割り切ったらしい。

そして、今に意識を向けることにしたようだ。

「それで……俺は今後気をつけますけど、今起きてることはどうしたらいいと思いますか？」

「山野辺さんのことね」

「はい。俺がうるさいって、何のことかなって」

「たぶん、理由なんてあってないようなものよ」

「えっ」

「『うるさい』って主観だもの。山野辺さんがうるさいと感じたら、あなたがいくら気を遣って声を潜めても、うるさいの」

「ええー……」

「話し声、足音、ドアの開け閉め、自転車を止める音……過敏な人は何にでも反応するわ。本当に騒音を出している場合は別だけど、あなたの場合は、そうじゃなさそうだもの」

「じゃあ、怒られていればいいってことですか？」

「いいえ」

「あなた過敏になってますよって指摘する？」

「それはもう喧嘩になっちゃうわね」

「ハイハイって受け流す」

「あなた、受け流せないから家を飛び出してきちゃったんでしょう？」

「……そうでした」

すっかり冷静になったらしい少年は、先の自分を思い出して頭を抱えた。

勢いよく門から公道に飛び出してきた。だから、彼は今ここにいるのだろう。そして、整理がついていないため、まだ帰れない。

「ええ？　じゃあ、どうしたらいいんですか……」

「そうねえ……ちょっと待ってね」

理沙は、途方に暮れる少年の隣に座る。

そうしてバッグの中から、小さな巾着袋を取り出した。

中に入っているのは、ルーンストーンと呼ばれる石だ。

玉砂利のようなつるつるした美しい石に、北欧神話由来の文字であるルーン文字が刻まれている。素材は石だけでなく木なども使われるが、理沙のものは水晶製だった。経年劣化に長く耐え得る品だ。そして何年経っても美しい。

「何ですか、それ？」

「私の秘密道具よ。知りたいことを教えてくれるの。まあ、意味を読み取るのは、私なんだけど」

理沙が巾着袋を揺らすと、中の石同士が当たって、チャリ、と音を立てた。

「占い？」

「そう」

「当たるんですか……？」

「ええ、この道何百年のベテランですから」

「お姉さん、何百年は盛りすぎじゃ……」

「ま、まあまあ、いいじゃない。細かいことは」

誤魔化して、理沙は息を整えた。

巾着袋の中に右手を入れる。

そうして中からひとつ、石を取り出した。

「……ああ、なるほど」

取り出した石を見て、理沙は一つ頷く。

その反応に、少年は不思議そうな顔をした。彼には、石に刻まれた文字の意味は分からない。

ルーン文字は、古代の文字。読むための知識を持っている者のほうが稀だ。

「もう分かったんですか？」

「ええ。何もしなくていいわよ」

理沙は、にっこりしながら答えた。

少年はその答えに一瞬、ポカンとした。

「えっ、何も？」

「そう。何も。あなたは、ただ家に帰ればいいわ」

出てきたルーンストーンは、偶然の幸運を示している。

すなわち、少年が何もしなくても自然とよい方向に状況が流れていく……そういうことだろうと理沙は考えた。

「でもそれじゃ、山野辺さんがまた……」

「それはどうかしら。案外、言いすぎたって反省しているかもしれないわよ」

取り出した石を巾着に戻しながら、理沙は軽い調子で言う。

その様子が、丸投げに見えたのだろう。少年は「ええ……」と困惑の声を上げた。

「お姉さん、面倒くさくなりました……？」

「いいえ、そんなことないわよ。私が取り出したこのルーンストーンは、あなたが何もしなくても、運が味方していい形で解決することを示しているの。まあ、騙されたと思って帰ってごらんなさいな」

「それはさすがに騙されたと思う――」

その時、ノアルが少年の膝から飛び降りた。

しかし彼女に何か思うところがあったわけではない。

少年が制服のポケットに意識を向けた。携帯電話が震えているようだ。

「あー……電話。母さんだ」

ポケットから携帯電話を取り出した少年は、画面を見てため息交じりにそう言った。

家を飛び出していった少年のことを心配して、連絡を寄こしたのだろう。

少年はしばらくそのまま無視していた。

だが、電話が鳴りやまない。

「出てみたら？」

「う……………はい」

理沙が勧めると、少年は腹を括った様子で通話ボタンを押した。

「もしもし……うん……ごめん……いや、近所にいるけど………え？　山野辺さんが？」

話の途中で、少年はハッと目を見開いた。

理沙のほうを見て、それから微かに俯き、通話を続ける。

「うん……うん。分かった……帰るから。じゃあ……」

少年は、通話を終えた携帯電話を耳元から下ろした。

それから、膝上に置いたその画面を見下ろしたまま、呟くように理沙に言った。

「その……山野辺さんが『言いすぎた』って言っていったそうです……」

「そう」

「お姉さん、何があったか知ってるんですか？」

「いいえ、何も。私は占っただけよ」

「……占い、すごいんですね」

「いいえ。すごいのは、私よ」

理沙は、ことさら胸を張ってそう言った。

占いを活用するのはいいが、依存されては困るからだ。

そして、占うなら何でも、誰でもいいわけでもない。理沙自身の腕がいいのは、話を盛ったわけではなく本当のことだ。

「帰るんでしょう？」

「はい、そうですね。母も夕飯が出来てるから早く帰ってこいって——あ」

ぐう、と少年のお腹が鳴った。

恐らく母の手料理を思い出したからだろう。

その反応に、理沙はくすりと笑った。

「私もお腹が空いたわ。じゃあね」

「あのっ！　ありがとうございました！」

丁寧に頭を下げる少年に、理沙は「さようなら」と言ってその場から立ち去る。

またね、とは言わない。

理沙が言ってしまうと、言葉に魔法が宿るかもしれないからだ。今日たまたま関わってしまっただけで、あまり新たな人間関係を理沙は欲していなかった。

出会いがあれば、別れがあるからだ。

理沙は、未だに別れの悲しみに慣れない。

菜々のようなこの街の外から来た人間は別だが、この街にずっといる人間との縁は必然、深いものになってしまうから。

「ノアルのせいよ？」

理沙の傍らを、尻尾をまとわりつけるようにしてついてきたノアルが「にゃ」と鳴いた。

『別にいいじゃない』

てくてく理沙と付かず離れず歩きながら、ノアルが猫語で答える。

普通の家猫ならば抱き上げて連れ帰るべきなのだろうが、ノアルは普通ではない。それに体格どおりに重いので、理沙はこのままマンションの部屋までついてきてもらうことにした。

「よくないわ。ノアルが私と一生、一緒にいてくれるの？」

『不老長寿の猫も悪くないわよ』

階段を上りきり、理沙が玄関の鍵を取り出したところで、ノアルがそう答えた。

「言ってなさい」

魔女の寿命に合わせて、その使い魔になった者の寿命も多少は延びる。

しかし、あくまで多少だ。

ノアルは、理沙の最初の使い魔から数えて、既に十代目に当たる。寿命の理（ことわり）のせいで、ずっと一緒にはいられなかった。

別れは嫌だ。

だから理沙は使い魔も積極的に得ようとしなかった。

しかし、どういうわけか、ノアルも含め使い魔たちは皆、唐突に理沙の前に現れた。

その出会いは、運命だとでも言うように。

カチャ、と鍵が開く。

『理沙。あなたは、もう少し人生を楽しむべきよ』

開いた玄関の扉から、ノアルはそう言ってするりと部屋に入っていった。

「これ以上？」

呟き、肩を竦めた理沙は、ノアルのあとを追った。

☆

たくさんの野菜を、ざくざく包丁で切っていく。

玉ねぎ、人参、ジャガイモ。それを細かく、細かく、切っていく。

具がゴロゴロしたカレーもいいけれど、今日の理沙の気分は、野菜全部がトロトロに溶けて混ざり合ったカレーだ。

豚バラのブロックは少し大き目に。とは言っても、野菜より気持ち大きいくらい。

ショウガとニンニクの香りを立たせたところに玉ねぎを加え、飴色になるまで炒めたあと、スパイスを加える。

「クミン、コリアンダー、ガラムマサラ。ターメリックに、チリペッパーっと……」

焦がさないように、丁寧に。

それから、切っておいたたっぷりの具材を順番に鍋で炒めたあと、缶詰のホールトマトを加えて、その水分だけで煮込んでいく。

月桂樹の葉っぱを一枚、鍋の中へ。

理沙のバルコニーにある月桂樹から採ったものだ。

月桂樹は、かれこれ二百年ほど前に渡来したと言われているが、実はそれより少し前に理沙の母が既に山奥で育てていた。バルコニーの月桂樹は、その母の木から株分けしてもらったものである。市販のものより、ずっと香りがよいので、一枚で十分。

蓋をして、じっくり焦らずコトコト煮込んで。

蓋が踊る楽しい音と素敵な香りがしてきたら、あとちょっと。

お腹が鳴っても、もう少しだけ待って――

「――うん。おいしくできたわね」

ひと口味見をして、理沙は満足そうに笑った。

カレーができるまでに、理沙はサラダも作っておいた。

ちょうどバルコニーの菜園で、プランターに植えていたベビーリーフが茂っていたので、一皿分それを収穫してきた。

そこに柑橘系フルーツの小夏をカットして散らす。

小夏は、使い魔便で四国から毎年この時期に取り寄せているのだが、こうしてサラダやマリネに使っても合う。そして皮が厚いおかげか、この時期でもかなり日持ちするため使い勝手もいい。

ドレッシングは、塩、コショウ、そしてオリーブオイルだけ。シンプルだが、これだけでおいしい。複雑な食材を混ぜ合わせたカレーとは対照的だ。

ノアルのカリカリご飯を用意しながら、理沙はふと考える。

「えーと、何を飲もうかしら……」

カレーといえば、ラッシーだろうか。

しかし、今の理沙は甘い飲み物という気分ではない。

野菜を煮込んだとろとろのカレー、柑橘フルーツを散らしたサラダ……それと合う飲み物……さっぱりしたものがいいだろうか……それとも、お酒……

「……あっ。モヒートだわ」

思いついた理沙は、バルコニーに急いだ。

そう、ベビーリーフ以上に生い茂っているものがあったのだ。

ミントである。

ミントには、複数の種類がある。ペパーミント、スペアミント、和薄荷（わはっか）、パイナップルミントにグレープフルーツミントといった果物の香りがするものもある。

理沙のバルコニーには、それら複数のミントが揃っていた。

モヒートも、当然使うミントの種類によって味や香りが変わる。

理沙は今日の気分で複数のミントを摘んでいった。ミントは生育が旺盛な植物なので、遠慮なく摘む。摘まないと、むしろバルコニーがジャングルになってしまう。

キッチンに戻ると、グラスに砕いた氷を入れ、そこに摘んできたミントと、ライム、砂糖、炭酸水にラム酒で、モヒートの出来上がり。甘さは控えめにした。

ご飯もちょうど炊けたところである。

炊飯器を開けると、ふわっと炊き立ての優しい湯気が広がる。

中にあるのは、つやつやに輝く一粒一粒ぷっくりと立った白米だ。米は東北地方の縁ある農家から、こちらも使い魔便で直に取り寄せている新米である。

何十年使っているか分からない象牙色の陶器の皿に、お米を形よくよそって、その上に出来上がったとろみのあるカレーをかける。

付け合わせには、瓶詰のピクルス。

バルコニーで採れた野菜と、塩、砂糖、ワインビネガー、そしてここにも月桂樹の葉を入れて、理沙が仕込んでおいたものだ。お酒のつまみにもなる逸品である。

それらの料理を運び、ようやくテーブルについて、理沙は丁寧に手を合わせる。

「いただきます」

待っていたノアルも、その言葉を合図に皿の中に鼻先を向けた。

カリカリ、という音をBGMに、理沙も食事に手をつける。

モヒートは爽やかな甘さで、後味もスキッとしている。ひと口飲むと、身体がリフレッシュするようだ。

フルーツの入った採りたてベビーリーフのサラダは、シンプルな味付けのおかげで、素材の味が活きている。

特に、とろとろのカレーは絶品だ。

それぞれの素材の個性も残っていながら、きちんと調和が取れている。複雑で、それでいて一つにまとまっている味。昔ながらの味。長い時間、残ってきた味。

白米とともに口に運ぶ。

甘さと辛さが、頰を綻ばせる。

「……最高ね」

思わず理沙は呟いた。

このカレーのレシピは、かつて人から教えてもらったものだ。

理沙がこの街に来てから少しした頃、近所にできた洋食屋さんに通っているうちに、シェフがレシピを教えてくれた。

昭和中期の話だ。

ひと口食べれば、当時の記憶が蘇る。懐かしい、この街の味だ。

「本当、この街みたいよね」

いろんな食材が調和を作っているこのカレーは、この街の住人たちの関係にも似ている。

気が遠くなるほどの長い時間、理沙はこの街を見守ってきた。

だから、この街にはいろんな人がいて、いろんな関係があることを知っている。

世代を重ねることで生まれる縦の繋がりだけでなく、様々な個が触れ合い、混じり合って、複雑に絡み合う横の繋がりが生まれていることを知っている。

面倒くさいこともあるけれど、その横の繋がりがあってこそのこの街だ。

今はもう昔ほど密接な関係性でできている社会ではないかもしれない。しかし、それでも、人間はどこかで誰かと繋がっている。

それは、寿命の理から外れた魔女である理沙も例外ではない。

食卓には並ばなくても、食材の味を引き立たせるために使った月桂樹の葉のように、きっと自分も、この街の一部になっている。

そう思えることは、理沙にとって幸福なこと。

そう思わせてくれるこのカレーは、理沙にとって大切な味のひとつだ。

☆

カレーを作って数日は、カレーを食べる日が続くという。

それは理沙も例外ではない。

寝かせることで日ごとに味が馴染みおいしくなっていくため、理沙は飽きるどころか、その過程を楽しんでいる。作ったことは、決して後悔しない。

だが、一人暮らしに加えて、毎食のメニューは変えている理沙である。

消費量が少ないため、食べ切るまでに少し時間が——具体的に言えば、三日ほどかかった。

「今日はオムレツにしましょう」

鍋が空になった頃、理沙はそう思い立って食材の買い出しに出た。

ちょうどカレーの食材を買いに外に出たのと同じような時間だった。今日も何を食べようかメニューに悩んでいるうちに、こんな時間になってしまったのだ。

おいしい卵が残っているといいのだけれど……と思いながら、理沙は商店街に向かう。

とある八百屋さんで扱っている朝取りの産みたて卵は人気なので、夕方にはとっくに売り切れていることも少なくない。

と、その道中でのことだった。

「あっ、この前のお姉さん！」

いつも通る住宅街の道で、理沙はそう声をかけられた。

聞き覚えのある声だったので、立ち止まり、振り返る。

そこにいたのは、自転車に跨がった中学生らしき少年だった。

「ああ、谷合くん」

「はい。あ、名前は陽介です。そういえば名乗ってなかったですもんね」

「そういえばそうね」

「お姉さんの名前、訊いてもいいですか」

「理沙よ」

「理沙さんですね……すみません、どこかに行こうとしてるんですよね」

「そう、買い物に」

「じゃあ、歩きながら話していいですか？」

「ええ、構わないわ」

理沙は頷いて、歩き出した。

少年——陽介は自転車を歩道に寄せ、その隣を歩く。

「理沙さん、この前はありがとうございました」

「私、別に何もやってないでしょう」

「いえ、占い、当たってました」

「というと？」

理沙は他人のいざこざやその結果には、あまり興味がない。

しかし、自分の占いの結果には、非常に興味があった。

自分の魔女としての技量がどれほどのものか、確認したいのだ。定期的なメンテナンスチェックのようなものだった。

「お姉さ——理沙さん、あの占いで『いい形で解決する』って言ってましたよね」

「ええ」

「あの次の日、学校から帰って来た時に、山野辺さんに声をかけられたんです。『昨日は悪かった』って……で、何がうるさかったのか教えてくれて」

「納得できるものだったの？」

「はい……ええと、山野辺さん、最近、耳が過敏になってるみたいで、いろいろうるさく感じていたみたいなんです。ストレスじゃないかって話らしいんですけど……」

「ストレスからくるそういうの、あるみたいね。耳鳴りとかもだけど」

「はい。でも、特にうるさかったのは俺の自転車だったみたいで」

「自転車？」

「漕ぐたびにキイキイ変な音がしてるって——あ、今はもう直したんですけど」

山野辺の話によると、軋むような異音が酷かったのだという。

キイキイ、と耳障りな音が陽介の登下校する朝夕に聞こえるので、それであの日はイライラしたまま文句を言いに谷合家に来たらしい。

「確かに俺も、自転車から音が鳴ってるのは気づいてて……でも、そこまでうるさく感じなかったんで、放っておいたんですよね」

「原因がちゃんとあったのね」

「そ、そうです……俺は何も悪くないって思ってたんですけど……」

陽介は自転車を手で押しながら、バツが悪そうに項垂れた。

住宅街を抜けた道は、商店街へと緩やかに下る坂に続く。

「それで、山野辺さんには謝って、自転車も直しに行ってきたんです」

「じゃあ、山野辺さんとは、もう平気なのね」

「はい……それどころか、自転車、結構危なかったみたいで……修理してなかったら、事故に遭ってたかもしれなくて」

「あら。じゃあ、山野辺さんに感謝しないといけないわね？」

「お礼に行ってきました。そしたら、喜んでくれて……あの日は、こんな風に落ち着くなんて思いもしなかったんですけど。不思議ですね」

そうこう話している間に、坂の下の商店街の交差点にたどり着いた。

目的の八百屋は、向かいの道にあった。

歩行者用の信号は赤なので、変わるまで理沙たちはしばし待つ。

「理沙さんにも、感謝してます」

「力になれたのなら、よかったわ。それに、うちの猫を抱いててくれて、ありがとう」

「いえ、俺のほうこそ、あの猫ちゃんに救われました」

信号が青になる。

人と人とが、すれ違う。

交差点を渡ったところで、理沙は陽介に言った。

「じゃあ、ここで」

「あ、もう……」

「そこの八百屋さんが目的地なの」

「そっか。ありがとうございました。じゃあ、理沙さん。また！」

元気にそう言った陽介は自転車に跨がり、元来た道を戻っていった。

理沙は手を振りながら、その後ろ姿を見送る。

人と関わることは、大変だ。

縁を繋ぐにも、いい関係でいるためにも、多かれ少なかれ努力がいる。

「……君の人生に、いいことがありますように」

上り坂を自転車に乗ったまま上ってゆく少年の姿に魔法を唱えるようにささやいて、理沙は八百屋の中へ入っていった。

朝取りの産みたて卵は、ちょうど一パック残っていた。

そして、陽介とゆっくり歩いてきたことが吉と出たのか。

「夕方のタイムセールですよ〜！　ぜんぶ半額です！」

八百屋の店主が、そう声を張り上げた。

ゲリラ的に値引きが始まったらしい。

「あら、本当？　私ついてるわね」

少年との縁のおかげかもしれない。

理沙は値引きにホクホクしながら、野菜を籠に入れていく。

「ふふっ、たくさん買っちゃった」

最後にひき肉を買って、理沙は家路につく。

そうして作った今夜の食事は、あのカレーのように食材をたっぷり使った——この街の在り方のような——具だくさんのオムレツになったのだった。

第三章　母からの手紙と魔法のスープ

――『りーちゃん』

理沙がそう呼ばれていたのは、もうどれだけ前のことか。

最後にそう呼ばれたのは、いつのことか。

祖母や母に最後に会ってからかなりの時間が経つ。

人間で言えば、一生分にもなるだろう長い長い時間だ。

彼女たちの顔、声、匂い……それらは、むしろ時間が経ってからのほうが、より鮮明に思い出せた。

ローズマリーなど、乾燥させたほうがより強く香りを放つハーブがある。思い出も同じなのかもしれない。

☆

理沙の時間感覚は、かなり鈍い。

年を取るほど時間経過は早く感じるというが、そのせいか……あるいは、有り余る時間のせいか、気を抜くと数日が経過していたりする。

先日、ノアルが陽介に保護された日、理沙の元に使い魔便が手紙を届けていた。

だが、中身を見る前に、すっかり手紙のことを忘れてしまった。あの日は、空腹とカレーを作ることに気を取られたのだ。

それから、ふと思い出して中を確認したのは、手紙が届いてから一週間後。

夕食を済ませたあとのことだった。

「……お母さんからね？」

手紙をまじまじと見て、理沙は確かめるように呟いた。

見覚えのある文字。触ったことのある手漉(てす)き紙の便箋。

文香(ふみこう)のようにふわりと香る、小さなスワッグ――『壁飾り』を意味するドライハーブの花束――が一緒に入っている。母の愛するハーブばかりだ。

「生きていたのね……」

母も祖母も、どこで何をしているか、理沙には不明だった。

祖母は幼い頃に会ったきり。そして母が住んでいたはずの理沙が生まれ育った村は里帰りした時には既に廃村と化しており、母に会うことも叶わなかった。その里帰りも理沙が村を出てから五十年、つまり現在から見れば二百年以上も昔のことである。

その二百年以上もの間、何の音沙汰もなかった母から手紙が届いた。

理沙が村を出た当時は、手紙はまだ封書ではなく書簡で、使い魔便もなかった。

魔女が連絡を取り合うには、互いの使い魔を送るしかなかった。使い魔便という輸送専門の業者ができたのは、かれこれ明治時代も終わりの頃だ。

理沙は、何度か母の元に手紙を送っていた。

全国各地を箒で飛んで回っていた頃、行く先々から使い魔のカラスに手紙を届けてもらった。届けてもらうといっても、一羽で直行するのは難しい。なので、窓口は使い魔のカラスだったが、途中は全国津々浦々で有志のカラスが配達をしてくれていた。

そのため、きちんと届いていたかは正直なところ怪しい。

母からの返す便りもなかったからだ。

とはいえ、それでカラスたちが依頼不履行だったかというと、そうとも言い切れない。

理沙の母は、理沙を煮詰めて濃くしたような、非常にまったりとした魔女である。

つまり、手紙が届いても読んだところで満足し、それで完結してしまっていた可能性があるのだ。

だから理沙も、この街に住みついた時に出した一通を最後に、母には手紙を送っていなかった。それがもう五十年以上前のことだ。

だというのに、突然その母から手紙が届いた。

そのため、理沙は手紙が本物かどうか、しばらく悩んだ。

しかし、手紙は母からだと信ずるに足る特徴をいくつも有していた。文字、紙、封入物のハーブ……そして、

「この内容だものね……」

便箋に書き記されていた文に改めて目を通し、理沙はため息をついた。

手紙には次のように書いてあった。

『次の満月の晩、薬の山の草原によい染料になる月見草が咲きますよ。母より』

理沙は再びため息をついた。

手紙の内容は、本当にそれだけだった。

近況報告も何もない。これが待ち合わせの約束なのかも分からなければ、母の所在も書

いていない。そこに行けば会えるのかも、そもそも会う気があるのかも分からない。

たったの一行。花が咲くという知らせ。

……本当に、それだけ。

「うーん……我が母ながら困った人」

手紙を手に、理沙は唸った。

母の緩さを批判することは簡単なようで、娘としては難しかった。なぜなら、将来の自分の姿が、手紙から透けて見えるようだったからだ。

「そもそも次の満月の晩って……ああ、やっぱり。もう明日じゃないの」

理沙は、己の怠慢を珍しく後悔した。

手紙が届いてから、一週間も放置していたのだ。「もう少し早く手紙をくれていたら」という愚痴を言える立場ではない。そもそも言う相手の母にも、会えるかどうか分からないのだが。

「にゃ」

足元からノアルが『行くの？』と話しかけてきた。

「行かないわけにもいかないわよね……次に連絡くれるの、いつになるか分からないし。あの人、今どこにいるのか分からないから、こちらから連絡は取れないし」

「にゃう」

「そうねえ、明るいうちに移動したほうがいいわよね。今の天候からすれば、明日は飛行日和のはずだけど、天気が急に崩れる可能性もなくはないもの」

その場合そもそも山に行く意味があるのか……という疑問を理沙はとりあえず脇においておいた。悩むにも時間がない。普段は有り余っている時間が、今は人並みに惜しくなっている。

なぜなら、準備が必要だからだ。

人間が遠出する時と同じように、魔女だって遠出する時はそれなりにやることがある。滞在するわけではないので荷造りこそ不要だが、着ていく服や持ち物の確認、道程の計画など、必要な準備は少なくない。

そして、母の手紙にある山は、この街から直線距離で三百キロ以上ある。

理沙が箒で出せるスピードは、最高速度で一般道の法定速度――つまり、時速六十キロ。その速度を維持して飛べば五時間ほどの道のりだが、理沙は抑え気味の速度で飛ぶことにしていた。

箒での飛行は、登山に似ている。

上空は地上よりも寒いし、風も強い。地上に下りて休める場所も、陸地、それも人の目に付かないところ・時間と限られている。体力の消費を考えると、急がずにゆっくり進んだほうが得策だったりするのだ。

なので、今回の移動には六時間程度かかる見込みだ。

そしてこれくらいの移動の場合、理沙は、箒でゆっくり飛行したまま手軽に食べられるものを持っていくことにしている。

「やっぱり、片手で食べられるし軽くて嵩張らないサンドイッチがいいわよね。それに、寒いから温かいスープも……うん。それがいいわ」

移動距離を考えると億劫だった理沙も、食事のことを考えると楽しくなってくる。しかし、料理をするのは明日の日中でいい。

それよりもまず、やらねばならないことがある。

理沙は、飛行の際に身につける衣服をクローゼットから引っ張り出した。

上半身は、首まで覆うジャケット。地上から見上げられてもいいように、そして箒を挟む太股が擦れないように、下半身は乗馬でもするようなキュロット。そこに風除けのローブを羽織り、底のしっかりした革靴を履く。長時間の飛行だ。手も保護するために、革の手袋も嵌める。

全て身につけると、黒ずくめになった。

どれも十数年前に買ったものだが、理沙にぴったりだった。外見年齢と同じく、体型もあまり変わっていないのだ。

「んー……相変わらず、魔女らしくないわね」

姿見の前で、理沙は肩を竦めた。

ローブを除くと、魔女というよりバイクのライダーに近い見た目である。

けれど、飛行するにはこのほうが楽なのだ。昔はワンピースのまま飛んだりしていたが、現代の魔女には進んだ文明が味方している。飛行の道程がより快適になる衣服があるのだから、使わない手はない。

「あとは、箒……あった」

肝心の箒も、クローゼットの奥にしまってあった。

箒での飛行も、当日乗ればすぐひとっ飛びできるというものでもない。安全に乗れるか、事前の点検が必要なのである。箒……そして、乗り手である理沙本人の。

「飛ぶのは久しぶりだものね。ちゃんと飛べるかしら」

最後に飛行したのは、どれくらい前だろう。

時間の感覚が鈍い理沙でも、一年以上前だということは分かる。

この街に来る前は、箒が手放せないくらい理沙もあちこちを飛び回っていた。

しかし、この街に定住してから、特にここ数年はどんどん出不精になっている。遠くに行かなくても欲しいもの、必要なものが手に入るからだ。それに、人目を気にしながら体力勝負の箒に乗って出かけるよりも、誰かが運転してくれる電車やタクシーを使ったほうが楽だった。

だが、今回の目的地は、交通機関だけに頼っては行けない場所だ。道らしい道もない人里離れた山の上まで乗せてくれるタクシーもない。つまり、箒の出番なのである。

理沙は、箒の状態を見る。

箒の柄にヒビなど生じていないか、尾の穂先は乱れていないか、入念に確認する。

「この子は大丈夫ね……あとは、私か」

腹を括って、理沙は箒を手にバルコニーへと向かう。

箒の試運転をするのだ。

そんな主の背を、ノアルが『頑張ってね』というように見送った。

☆

時刻は二十時を過ぎている。

街の光は明るいが、空を見上げればすっかり夜だ。暗い。

「身体状態よーし。魔力状態よーし……うん」

ペーパードライバーのように、理沙は一つ一つ確かめながら進める。

羽織ったローブは、魔女が使えば姿を隠すことができる魔法の道具だ。完全に隠すにはコツもいるのだが、飛行中に人の目を盗むことが可能になる。隠すことに失敗すると未確認飛行物体のニュースが増えてしまうので、理沙はしっかりと目深に被った。

箒に跨がり、その柄を内股（うちもも）で挟み込み、革手袋を嵌めた手で握る。

すっと姿勢を正す。

そうして深呼吸をして心を落ち着けたあと、理沙は箒に命じた。

「飛びなさい」

ふわ、と理沙の足元から風が生まれる。

マンションの階段を上がってくるような、空へと向かう風だ。

その風が、箒に乗った理沙を浮き上がらせる。

「うんうん、いい子ね……そう……よし、大丈夫——行きましょう」

理沙の言葉に応えるように、ぐん、と箒が上昇した。

バルコニーがどんどん遠くなる。

振り落とされないように、理沙は意識をしっかりと己の内側に向ける。

宙の自分と眼下の大地とを繋ぐ、一本のぴんと張った糸を思い描いて、それを維持する。

そうすることで飛行は安定する。

「前進……後退……右……左……私のほうも大丈夫みたいね」

箒に跨がり宙に浮いたまま、理沙はホッとした。

問題なく飛べるようだ。小回りも利く。

それが分かると、今度はわくわくした気持ちが湧いてきた。

吹き上げてくる上昇気流で、不安も吹き飛んでしまったようだ。

「さあ、飛ぶわよ」

一つ息を入れた理沙は、夜空に箒を走らせる。

今夜は、ぐるりと一周して街を回ってくることにしていた。

それでも久々の飛行は日頃使っていない筋肉も使う。準備運動程度にして帰るつもりだった。

空から見下ろす夜の街は、煌々とした人工的な灯りに満ちていて、ここにたくさんの人の営みがあることを理沙に教えてくれる。

「本当に増えたわね」

街の灯りを見て、理沙は嬉しそうに呟いた。

理沙がこの街に来た当時は、都内はまだ戦後復興の最中で、人の生活の灯りでは夜を照らし切れていなかった。豆電球のような弱い光が、ぽつぽつと置かれたような寂しい状態だった。しかし、高度経済成長期に差し掛かった頃から光の数は急激に増し、地上は眠らない街になっていった。

それでもこの街は、まだ眠っているほうだ。

遠くのほうに見える強い光の群体は歓楽街で、空から見ても眩しい。そちらは、魔女が飛ぶには適さない。姿を隠さねばならない以上、あまりに明るいと都合が悪い。

「こっちも眩しいわねぇ」

理沙は頭上からの光に目を細めた。

今は夜だが、もうすぐ満月である。

星の光を覆い隠してしまうほど、空の月は明るく光を放っていた。そのため、地上の眠っている場所もよく見える。

理沙は昔から目がいい。

寿命が長いことから老眼とは無縁だし、山育ちだったからか、遠くのものもよく見えたし、森の中に咲く花や隠れている動物などもよく見つけることができた。それが自慢で、小さい頃には「わたし忍者になる」などと言って母を困らせていたくらいだ。野山を駆け巡って、忍者になるための体力もつけようとしていた。

そうして結局、魔女になった。

空も飛べるし、魔法もちょっとなら使えるし、それでよかったと理沙は思っている。

そもそも、寿命が人間とは異なる魔女は、生まれた時から魔女なのかもしれない。望むと望まぬとにかかわらず、それ以外の道など最初からなかったのかもしれない。

けれど、今は納得して魔女をやっている。

それは母のおかげなのだと理沙は思う。

魔女としての母を見ていたから、理沙は魔女として自ずと生きる選択をすることができた。きっと、母も同じで、祖母の影響があったことだろう。

「本当に、久しぶりよね……」

二百年ぶりに会う母のことを想い、理沙は月光の下で物思いに耽った。

母は、変わっていないだろうか。

それとも、変わってしまっただろうか。

たとえば見た目は変わらずとも、内面は？　あの頃の母のままなのだろうか……

「…………あ。いけない、いけない。ぼんやり飛行は危ないわね」

気づけば、月の位置が変わっている。

街をぐるりと一周したあと、ふわふわと同じところに浮いていたらしい。

理沙が昔のことを思い出すと、生きた時間が長いせいか、思い出までの距離が遠いせいか、こんな風にかなりの時間が経ってしまうことがある。

「もう帰りましょうか」

本飛行は、明日だ。

点検は十分――自分が飛べることは分かったし、ここで疲れるわけにはいかない。

理沙は自宅のほうへと箒の進路を向けた。

その道中でのことだった。

「あら？　あれは……」

ノアルが先日保護された公園のベンチに、ひとつ、ぽつんと座る人影があった。

中学生くらいの少女である。

それも、よく知った顔だ。

「こんな時間に、どうしてひとりで……？」

理沙は思わず箒を向ける。

しかし、途中で急停止した。

気づいたのだ。

その顔を最後に見たのは、もう二十年以上前だということに。

「ああー……また間違えたわ……」

理沙は額に手を当てて唸った。

あれはよく知った少女――だった女性、春美(はるみ)の娘だろう。

知人女性が同じ年頃だった頃と本当に瓜二つで、見間違えたのだ。

そして、『また』というのは、春美の時もだったからだ。

「あの時も、春美ちゃんのことを冬子(ふゆこ)ちゃんと間違えたのよね……」

冬子は春美の母である。

今はもう、古希に近いはず――いや、そこまではいっていないかもしれない。

「で、その前は、アキちゃんと間違えたんだっけ」

アキは、冬子の母に当たる。

つまり、眼下の公園のベンチに座るあの子の曽祖母だ。

アキに至っては、少し前にもうこの世を去っている。思い出して、理沙は少し寂しくなった。

「……それはそうとして、あの子、どうしたのかしら。こんな時間に外でひとりなんて危ないわよね」

理沙が箒でバルコニーを発ってから、いくばくか経っている。

公園の時計を見れば、時刻は夜も二十二時を過ぎていた。

中学生が――いや、高校生でも――公園にポツンと座っていては、警官に声をかけられる可能性もある時間帯だ。

「まだ深夜ってほどでもないけど、放っておいていいものかしら……それとも、最近の子は夜の散歩も自由に許されてたりするのかしら……」

理沙は箒の上で考え込む。

最近は、若い少年少女の姿を夜に見かけることがないわけでもない。とはいえ彼らは大学生くらいのはずだ。しかし、上空から見ただけの理沙には、実際にそうなのか知りようもなかった。

「親に連絡するのはお節介だろうし……って、あら?」

不意に視線を感じて、理沙は狼狽えた。

少女が、理沙を見ている。

姿を隠す魔法のローブはしっかり頭まで被っていて、見えていないはずだ。それはバルコニーから飛び立つ前にノアルに確認したし、飛び立ったあと、比較的人の多い場所を飛んでいても、誰にも気づかれなかった――はずだ。

しかし、この状況を理沙は知っていた。

過去にも――少女の母や祖母、曽祖母の時にも、同じような状況になっていたからだ。

「……あ、あの」

おずおず、と口を開いたのは、少女のほうだった。

鈴を転がすようなかわいらしい声も、かつて聴いた声に似ている。

突然、過去に返ったような気分になりながら、理沙は呼びかけに応じた。

「はい」

その瞬間、少女はびくっと震える。

彼女の目には、人間が空に浮いているように見えているのだ。

それも、日がとっぷりと沈んだ夜の公園の上にである。しかも、自分は一人。怖くないわけがない。

「わ、わ……や、やっぱりいたっ……お、おお、おばけ――」

「魔女よ」

怯えて逃げようとした少女は、その理沙の一声で脚を止めた。

「ま……魔女？」

「ええ。魔女」

「……もしかして〝魔女のリズ〟？」

その名を聞いて、理沙は思わず微笑んだ。

リズと名乗っていたのは、彼女の曽祖母アキが目の前の少女くらいの頃までだ。今の〝理沙〟という名前は、現代に合わせて名乗っている名だが、読み方は本名と近い。

祖母が三百年以上前に付けたという異国の名は、一時期、国内では浮いてしまった。しかし、海外との交流が進んだ現在は比較的一般的になっているので、あの時は何だったのだろうな、と思わなくもない。

「ええ、そうよ。今はちょっと違う名前だけど」

「本当にいたんだ……」

「あなたは誰から聞いたの？」

「ひいおばあちゃんです」

「アキちゃん？」

「知ってるんですか？……って、ひいばあちゃん、魔女さんと友達だったたって言ってたっけ」

「アキちゃん、友達って言ってくれていたのね。嬉しいわ」

理沙は、目の前の少女と重なる、今はいない友人を思い出す。

アキと出会ったのは、理沙がこの街に来るより前のことだ。

出会いは、この街とは離れた別の土地だった。そこで仲よくなったのだが、彼女はこの街に嫁ぐことになった。それで理沙は、この街を訪れることになったのだ。アキは、理沙がこの街に住むきっかけになった人だった。

「あの……私、夏海(なつみ)っていいます」

「あら。名乗って大丈夫？　私、魔女よ？」

理沙がおどけたように言った瞬間、少し緊張したような夏海の表情が緩んだ。

その反応に、理沙は嬉しくなる。

「夏海ちゃんのその様子じゃ、アキちゃんから聞いてるのね」

「聞きました。ひいおばあちゃん、『あなたは魔女だから名前を教えられない』って言ったって」

「そうなのよ。呪われるってなぜか信じてて」

アキは、当時のその地では珍しい、女学校に通っている少女だった。

そこで西洋の魔女の話を学友から聞いたらしい。偏った噂だったり、その地に伝わる怪談と混ざったりして、それで『魔女に名前は教えてはいけない』と思ったらしい。

しかし、魔女そのものには興味津々だった彼女は、理沙のことを探し回った。月夜の晩に箒で飛んでいるところを目撃したのだ。今夜の、夏海のように。

「私は、今は理沙って名乗ってるわ。飛んでるところ、見えてたのよね？」

「はい。あの……やっぱり普通は見えないものなんでしょうか？　ひいおばあちゃんも、リズ――理沙さんに驚かれたって」

「ええ。あなたたちが特殊よ」

夏海たちは、どうやら少し強い魔力を持った血筋らしい。

アキも、その娘の冬子も、さらに娘の春美も、隠れていたはずの理沙の姿を見事に目撃している。魔法自体は使えないのだが、彼女たちは揃って目がいいようだった。身体の中でも、とりわけ強い部分に魔力は宿るらしい。

アキが少女だった頃は、夜というのは今よりずっと暗闇に満ちていて、怪異の類も今より多かった。今は光が闇の中のものを照らし出してくれるので、そういう存在もかなり減っている。

だからだろう、夏海はアキほど、見えないものを見てはこなかったようだ。

「私はそれほどでもないんですけど、ひいおばあちゃんは、よくおばけとか見ちゃって困ってたのを理沙さんに助けてもらったって」

「おまじないを教えたりしただけよ」

「おまじない……魔女っぽい……！」

夏海は瞳を輝かせた。

そういう顔も本当によく似ている、と理沙は改めて思う。

そしてそれは、曽祖母にだけではない。祖母にも、母にも、よく似ている。

面影があるというのでは足りないほど……それこそ生き写しという言葉が相応しいくらい、夏海は理沙の知る少女たちの姿だ。

理沙に懐かしさを込み上げさせるには十分だった。

「冬子ちゃんは元気？　最近会っていないのだけど」

「え？　あ、はい。おばあちゃんなら、ピンピンしてますよ。よく、うちに遊びに来てます」

「よかった。冬子ちゃんとは、彼女が他県に行ってしまった時以来なのよ。こっちに来ているなら、またそのうち会うことがあるかもしれないわね」

「おばあちゃんも、理沙さんとは会ったことあったんですね。理沙さんの話をひいおばあちゃんの作り話だって言ってましたけど」

「私が広めないで欲しいって頼んだからでしょうね。冬子ちゃんは、しっかりした子だったから」

「あー、そうかも。ひいおばあちゃんが話してた時、よく『余計な話をして』って怒ってました」

「想像できるわ」

夏海の話に、理沙は思わず苦笑した。

アキと冬子は、その性格が正反対だった。

見た目はよく似ていたが、表情の種類がまるで違って驚いたのを理沙も覚えている。アキは人懐こく社交的な少女だったが、冬子は頑固とでもいうのか——出会った当時はまるで警戒心の塊のような少女だった。

そして、その娘に当たる春美は、冬子に少しだけ似ていた。

母譲りの頑固さは残りつつ、それでいて大らかさが魅力的な少女だった。

「春美ちゃんはどう？」

母の話題を理沙が口にした瞬間、夏海の表情が曇った。

「お母さんは……まあ、元気ですけど……あっ、元気すぎるくらいです」

夏海は慌てて付け足した。

理沙が心配しないようにと補足したのだろう。

ああ、なるほど、と理沙はそこで納得する。

その反応で、夏海がなぜ今ここにいるのか、何となくだが察しがついた。

「夏海ちゃん。もしかして春美ちゃんと喧嘩した？」

「えっ……………なんで分かったんですか？」

「ああ、やっぱりそうなのね」

「魔法？」

「いいえ」

「じゃあ、なんで？」

「似ていたから」

くすりと笑った理沙の言葉で、夏海はキョトンとした。

「似てた……？」

「春美ちゃんも、喧嘩したら家を飛び出す子だったから」

「え、そうなんですか、お母さんが……？」

「ええ。冬子ちゃんもそうね」

「おばあちゃんも？……あのおばあちゃんが？」

夏海は驚いたようだ。目をぱちくり瞬いている。

その反応で、冬子が少女時代とあまり変わっていないのが理沙にも分かった。

冬子は確かに、家を飛び出すようなタイプには見えなかった。感情の起伏をあまり表に出さなかったからだ——あくまで表には、だが。

けれど内側には、納得できなければ譲らないという強い意志を秘めていた。

「冬子ちゃんは、真冬の寒い夜に家から出てきたわね。『絶対に帰りません』って」

「あ、その『絶対に』はおばあちゃんっぽい」

想像したのだろう。夏海の表情が明るくなる。

それから彼女は前のめりになって理沙に尋ねた。

「おばあちゃんも、おかあさんも、どういう理由で家を飛び出したんですか？」

「秘密よ」

「えー」

「相談事は守秘を徹底しているの。だから、夏海ちゃんも話していいわよ」

「……いいんですか？」

「もちろん。何の役にも立たないかもだけれど」

「いえ、ありがたいです」

促す理沙に、夏海は首を振った。

そうして言いにくそうな顔のまま口を開く。

「笑わないでくださいね」

「場合によるわね」

「ええ……」

「まあまあ、言ってみなきゃ分からないわよ」

「実は…………勉強しなさいって言われました」

「…………ふふっ」

「あっ、笑った！　笑わないでくださいって言ったじゃないですか！」

「ごめんなさい。だって——」

「もぉー、くだらないって思いましたよね」

「違うのよ、そうじゃないの。知り合いが家を飛び出した時と同じだったから」

「もしかして……お母さんですか？」

「さあ、どうかしら」

内心の動揺を隠すように、理沙は微笑んで答えた。嘘は苦手だが、誤魔化すのも下手だという自覚がある。

それでも理沙が笑ってしまったのは、驚いたからだ。

夏海の言うように、家を飛び出した理由が、彼女の母・春美と同じだったから。

本当によく似ている……そう思いながら、理沙は夏海に話を続けさせた。

「それで、夏海ちゃんは怒ったのかしら？」

「怒ってはないです……ちょっと…………ええと……ムカついただけで」

「怒るのとムカつくのは違うのね」

「怒るってほどじゃなくて、イラつくみたいな感じで……ああもう、うるさいなぁ！　って、お母さんの小言、聞きたくなくて……それで、家を出てきたんです」

「衝動的に？」

「いえ、結構我慢したはず……口うるさく、ねちねち——ぐちぐちかも——言われたと思ったんです……けど……」

「けど？」

「……今、冷静に思い返したら、お母さんそこまで酷いこと言ってなかったし、別に家を出てくるほどのことじゃなかったなって」

「あら」

「カッとなってたかも……しれません……」

言いながら、夏海は恥じ入るように顔を伏せた。

その様子を見て、なるほど、と理沙は頷く。

目の前の少女は、春美に似ている。

瓜二つの見た目だけでなく、性格にも引き継いだ部分がある。会話の最中の穏やかな空気感などは、春美に通ずるものだ。

だが、母よりも感情の起伏が激しいようだ。

沸点が低く、ちょっとしたことで熱しやすい。その反面、冷めやすい。

「……別なのよね」

「何のことですか？」

「似ているようでも、同じじゃないわねってこと」

「私と、お母さんと……ですか？」

「そうね」

祖母・冬子も。曽祖母・アキも。

やはり一人一人、別の人間だ。

思い出と重なるけれど、同じではない。

「さっきね、夏海ちゃんを見つけた時、春美ちゃんだと思ったのよね。あと、冬子ちゃんに、アキちゃんも」

「お母さんたちの若い頃に似てる、とは周りの人たちによく言われてましたけど……そんなに似てるんですね」

「見間違えるくらいそっくりよ。彼女たちに会った昔に、一瞬で戻ったみたいだったわ」

「そうですか……」

「家を飛び出してきたこと、反省してるのね」

「えっ…………分かりますか？」

「ええ、そういう時の顔も似ているわ」

「理沙さん、親戚の人みたい……」

「それならきっと最年長ね」

「理沙さんがひいおばあちゃんよりも年上って、ちょっと頭が追いつかないですけど……」

夏海は想像したらしく、笑みを零した。

それから彼女は、理沙に改めて向き直った。

「あの……どうしたらいいと思いますか？　その、お母さんとの、仲直り……」

「家に帰る」

「家を出てくる時に、お母さんに『くそばばぁ』くらいのことを言ってきちゃったんですけど……」

「じゃあ、帰ったらまずそのことを謝る」

「……はい」

「それと、おいしいものを食べるといいわ」

「そう。おいしいもの。春美ちゃんと一緒に食べる。それできっと仲直りできるわよ」

「は——え？　おいしいもの？」

「どうしてそれで？」

「そっくりだから、かしら」

不思議そうに目を瞬く夏海に、理沙は微笑んだ。

かつて、そうやって母親と仲直りしていた少女たちがいた。

春美は冬子と、冬子はアキと、アキは彼女の母と……性格はそれぞれ異なる別の人間たちだが、それでも同じ状況になり、同じ方法で解決していた。

夏海が同じ方法で確実に仲直りできるかというと、理沙には断言できない。今は手元に道具もないので、占うこともできない。しかし、きっと夏海と春美も、同じ方法で大丈夫だろうと思った。

これは、魔女の勘である。

「分かりました……でも、おいしいものって言われても、漠然としていて」

「簡単でおいしいスープのレシピを教えてあげるわ」

「え。私が作るんですか？」

「そうよ」

「私、料理したことないんですけど……」

「じゃあ、なおさら好都合ね」

「そうなんですか？」

「そういうものなのよ……ああ、ごめんなさい。ちょっと一人にしてしまうけれど、ここで待っていてくれる？　レシピを書いたメモを取ってくるわね」

「あ、理沙さん、メモなら――」

夏海の「スマホで取れますけど」という声を聞く前に、理沙は箒で空に飛び上がった。女の子を一人で夜の公園に残しているので、バルコニーに下り立つなり部屋に入って、手早く必要なものを掻き集める。

レシピをメモ帳に書き記している間、ノアルが不思議そうな顔で眺めてきた。そんな彼女に、理沙は「一時帰宅です」と説明して、慌ただしくバルコニーから再び箒で公園へと戻った。

「ごめんなさい、夏海ちゃん。待たせたわね」

「いえ、全然待たせてないですよ。すごく早かったです、びっくりしました」

謝る理沙に、夏海は「五分も経ってないですよ」と教えてくれた。

時間をゆっくり感じる自覚が理沙はある。そのため急いだのだが、どうやら逆に早かったらしい。

しかし早すぎて悪いことはないはず……そう思いつつ、理沙は夏海にレシピを書いたメモを渡した。

「レシピ、結構簡単そうなんですね」

理沙のレシピに目を通した夏海が、意外そうに言った。

「私の料理は、シンプルなものが多いの。その代わり、いい素材を使って、たっぷり時間をかけて作るわ。それがおいしくなる秘訣ね」

「なるほど」

「レシピは、それでよし。あとは——はい、これ」

理沙はメモの他に持ってきた小さな紙袋を手渡す。

それを受け取った夏海は、不思議そうに紙袋の中に目を落とした。

「タイムとセージ。うちのバルコニーで作ったハーブよ。レシピでも使うよう書いているから、持っていくといいわ」

「へえ、ハーブですか」

「変な植物ではないし、無農薬だから安心して。どうしても心配なら、春美ちゃんに聞いてみてちょうだい。いえ、心配じゃなくても春美ちゃんに聞いてみて。彼女はこのハーブのことも知っているはずだから。ね？」

「……はい。分かりました」

理沙の意図を悟ってか、夏海の表情がふっと和んだ。

「おいしいスープを作って、お母さんと話をしてみます」

「ええ、頑張って」

「理沙さん、ありがとうございました。じゃあ、また」

その会話を最後に、夏海は帰路につくべく公園を出ていった。

自宅へ向かうとはいえ、夜の中学生の一人歩きである。夏海の道中が心配で、理沙は箒で空から見送ることにした。

「……大丈夫みたいね」

自宅の玄関にたどり着いた夏海を見て、理沙は微笑む。

玄関先で、母の春美が待っていたようだ。

夏海が扉を開けると、「どこに行っていたの！　もう……早く入りなさい」と声が聞こえた。心配だったのだろう。夏海を先に家に入れて、春美は開け放たれた玄関の扉を閉めに外に顔を出した。

ふと、その時、春美が顔を上げた。

「ふふっ、また見つかっちゃったわね」

笑顔で手を振る春美に、理沙も同じように返す。

そうして、夜空をひとつ飛びし、ノアルが待つマンションのバルコニーへと戻るのだった。

☆

ニンジンのヘタ、トマトのヘタ。

玉ねぎの皮にリンゴの皮。

ジャガイモの皮、カブの皮、セロリの葉っぱにパセリの茎。

枝豆の莢にカボチャの綿、シイタケの石づきに長ネギの残した部分……

保存用に乾かしておいたそれらを鍋に入れてじっくり煮てから濾せば、野菜くずのスープができる。

普通は捨てる部分だが、実は栄養が豊富だ。

無農薬の野菜を好んで食す理沙は、この部分も余すところなく料理に使っている。

とはいえ、意識してやっているわけではない。昔からの——山奥の村に住んでいた頃からの習慣だった。

理沙は、これにハーブも入れる。

入れるハーブは、いつも同じというわけではない。

野菜同士の癖を抑えるためにローリエの葉を入れることが多いが、タイムやローズマリーを選ぶこともある。

ハーブは、魔法のスパイスだ。

入れる種類が違うだけで、スープそのものの『テーマ』すら変えてしまうのだから。

そして、スープの作り方も、ハーブの使い方も、理沙に教えてくれたのは母だった。

出発の当日、昼のこと。

理沙は、旅の食事を作ろうとしていた。

サンドイッチ、そして野菜くずのスープだ。

「まずはスープだけど……そうね。私も、今日は夏海ちゃんに渡したレシピと同じものを入れましょう」

バルコニーに向かった理沙は、タイムとセージを選んだ。

それらの枝を採ってキッチンへ向かい、保存しておいた野菜くずと水を鍋に入れて火にかける。

採ってきたハーブは、葉の部分だけを鍋の中にパラパラと落とす。

昨晩、理沙は夏海に魔法をかけた。

その母の春美にも、祖母の冬子にも、曽祖母のアキにも、実は同じようにかけてきたのだ。ちょっとだけ背中を押す魔法を。

理沙はそれを自分にもかけようと思った。

今夜、箒で向かう先で、久しぶりに――およそ二百五十年ぶりに――母に会うかもしれないからだ。

タイムの花言葉は〝勇気〟。

そして、セージの花言葉は〝家庭愛〟。

「うーん、ノアル。私でも緊張はするみたいよ」

理沙から少し離れたところで様子を見ていたノアルが、一度目を細めて「にゃ」と短く鳴いた。『そうでしょうね』

スープを作っている間に、理沙はサンドイッチを作ることにした。

使うパンは、黒パン——ライ麦パンだ。

塩気のある食材と相性がいい。

黒パンは、今日の昼過ぎに、商店街の通りから小道に入ったところにあるパン屋で買ってきていた。少し前にこの街へとやって来た大学生・菜々にも紹介した人気のお店である。

理沙は、そのお店でパンが焼き上がる時間を熟知していた。

時間が変わることもあるが、そういう時は、付近を縄張りにしているカラスに聞けば教えてくれる。

カラスたちは、理沙をよく知っていた。

彼らはどうやら世代が代わる際に、魔女の存在についての情報を引き継いでいるらしい。

『変な奴が昔から住んでいる。しかし敵ではない。友好的に接せよ』と。

だから入手困難な人気店のパンも、かなりの確率で買うことができる。

「サンドイッチは、レタスを挟んで、メインの具は、卵とチキン……あ！　お取り寄せしておいたパストラミビーフとチーズがよさそうね！」

使い魔便で生ハムと一緒に取り寄せていたものを思い出し、理沙は喜んだ。その組み合わせは、最高のアイディアに思えたからだ。

ちょうどいい薄さにスライスした黒パンの片面にバターを塗り、もう片面にはマスタードを混ぜたものを塗る。そこにバルコニーからハーブと一緒に取ってきて洗っておいたリーフレタスと、パストラミビーフとゴーダチーズを挟み込む。

それを小さなバスケットに入れて、理沙はにっこりした。

「うん、おいしそう！　そろそろスープもいい頃合ね」

コトコト、コトコト……蒸気を吹きながら踊っていた蓋を理沙は取り上げる。

野菜を濾して琥珀(こはく)色のスープだけにしたら、そこに塩をパラパラと。

味見をして、理沙は満足げに微笑んだ。

「いいわね」

出来上がったスープを魔法瓶に入れる。

サンドイッチを詰めたバスケットと、野菜くずのスープを入れた魔法瓶が並ぶ。

そうして調理の後始末をしてキッチンをきれいにしてから、理沙は荷造りを始めた。

外出の予定は丸一日。

もし天候が悪化したりして箒での飛行が難しくなっても、三日ほどあれば帰ってこられるだろう。普通の猫なら知人やペットホテルなどに預ける選択も考慮するが、ノアルは使い魔だ。理沙と同じく、普通の猫と違ってちょっと生命力が強い。

家を離れる間のノアルの食事を準備して、理沙は彼女に声をかけた。

「ノアル、家は任せたわね」

「にゃ」

尻尾でパタンと床を叩き、ノアルが『ええ。いってらっしゃい』と応じる。

時刻は、夕方十九時。

見上げた空は、まだほのかに明るい。だが、もう間もなく日が完全に沈み切る。

黒ずくめの服に身を包んだ理沙は、姿隠しのローブを目深に被って箒の柄に跨がった。

荷物は肩に掛けた鞄にまとめてある。

「視界、風速、ともに良好。星の位置よし。方角よし……進路はあっちね」

手には紙の地図と、コンパスがついた古い懐中時計。

確認していたそれらを懐にしまうと、理沙は深呼吸をして箒に命じた。

「飛びなさい」

ふわり、と足元から風が生まれる。

その風に乗って、理沙はバルコニーから飛び立った。

☆

理沙が箒で飛び始めて間もなく、空は完全に夜の色に染まった。

気象条件は、飛行に適していた。

空は快晴に近く、千切れた雲が時たま現れる程度。地上の光が遠くなるほど、周囲が明るくなる。満月が昇ってきているからだ。この月が南中に到達するのは深夜だが、それでも大地の形を闇から浮かび上がらせるには十分な光を放っている。

上空に昇ると、南東からの風が緩やかに強まった。理沙にとっては追い風だ。

「この様子だと、早めに着くかもしれないわね」

理沙は意気揚々として呟いた。

東京の中心部から、郊外へ。

航空機の邪魔にならない高さと進路で、理沙はゆっくりと進む。

久しぶりの遠方への夜間飛行は、懐かしさに溢れていた。

かつて日本中を箒で飛び回っていた理沙である。

　だから、どこも一度は飛んだ空で、一度は見下ろしたことのある地上だ。

「あの町は全然変わらないみたいね……ああ、でもあの辺は開発が進んだのね。あんなに灯りが増えて……」

　理沙はあちらこちらへと視線を巡らせる。

　変わらない場所。

　そして、変わっていく場所。

　郷愁と哀愁とが、風に乗って理沙の身体の中を通り抜けてゆく。

　道中は、まるで夢の中を漂うような感覚だった。

　月光に包まれて、ゆらゆらと。長い長い夢を見ているような——むしろ今までの自分の人生が夢だったのではと思ってしまうような心地。

　だからだろうか。

　目的の場所である〝薬の山〟に着くまでの間を、理沙は珍しく短く感じた。

「あら。こんなに近かったかしら？」

　ふわり、と山頂近くの草原に下り立った理沙は、懐から懐中時計を取り出す。

　時刻を確認すると、現在深夜零時を回ったところだった。

　おかしい、と理沙は首を傾げる。

バルコニーを発ってからまだ五時間しか経っていない。箒の出せる最高速度で飛んだのと同程度の時間しかかかっていない。

「追い風のおかげかしら。それとも……私のせい？」

理沙は己を振り返る。

久方ぶりに母と再会できるかもしれないと、気が逸（はや）ってしまった可能性はある。

「うーん。私らしくないわね……」

独り言（ひとりご）ちながら、理沙は周囲を見渡した。

ここは標高五百メートル程度の山だ。

視線を遠くに向けると、ぽつぽつと街の灯りが見える。

だが、理沙の住んでいる街よりもきちんと眠っているようだ。光の数が、ずっと少ない。

頭上には、遮るもののない夜空が広がっている。

雲もなく、人工の灯りもないため、満月の光が眩しかった。

そして、この月明りの中ですら星々の瞬（またた）きを見ることができた。けれど、あの遠い街の灯りすらなかった頃は、今よりずっとたくさんの星が頭上に輝いていたのだ。

「……懐かしいわね」

呟き、理沙はその場に座り込んだ。

この季節のやわらかな草が、まるで天然のカーペットのようだ。おかげで、地面が硬く感じない。

理沙は、伸ばした足元に目を向ける。

そこに白い花が揺れていた。

月見草である。

儚げな白い花は、夜の間しか咲かない。日没に開き、日の出とともに萎んでしまうのだ。月が現れる時間にだけ咲く花――それで、このような名がついたという。

理沙の母の手紙には、その花の名があった。

だが、母が染料になると言っていた〝月見草〟ではない。

「もう、お母さんたら。間違えて覚えているんだから」

こちらが、母が手紙に記していた月見草だ。

月見草の近くには、少し小ぶりな黄色い花が咲いている。

だが、本当の名は、待宵草である。

そして、よく草木染めに使うのは、実はこの待宵草のほうなのだ。

これを草木染めに使うと、美しい薄黄色や灰色などに染め上げることができる。

しかし理沙の母は、どうやら月見草と待宵草を間違えているらしい。

「……会った時に、教えてあげましょう」

肩を竦めて、理沙は肩掛け鞄の中身——バスケットと魔法瓶を取り出す。

道中で食べるはずのものだったのだが、理沙はそれすら忘れて飛んできた。やはり、それだけ気が急いていたのだ。

だから、理沙は食事をすることにした。

そうすれば、気持ちが落ち着くと思ったのだ。

付近に熊などの動物の気配はない。草原なので、周囲にも見通しが利く。人間がピクニックなどで訪れることもありそうな場所だ。

理沙は魔法瓶に入れてきた野菜くずのスープを飲んだ。

「まだ温かい……」

滋味の溢れる優しいスープに、理沙はホッとした。

口の中から、喉を通り、お腹の中へ……おいしさと温度が、じわりと広がっていく。

スープと一緒にサンドイッチを食べながら、理沙は景色を眺めた。

二百五十年前とまったく同じ景色ではない。

遠くの景色も、近くの景色も、母と村で暮らしていたあの頃とは変わってしまっている。

たとえば、周りに咲いている月見草も待宵草も、理沙がこの山を最後に訪れた時には、まだ生育していなかった。これらの花は外来種で、国内に入ってきたのは理沙が村を離れて百年ほどあとのことである。

ここまでの道中でも、変わってしまった土地があった。

この薬の山はまだここにあるが、いつかは無くなってしまうかもしれない。

サンドイッチを食べ終えたあとも、理沙は静かに景色を眺め続けた。

その目に、しっかりと焼きつけるように。

「…………いけない。眠くなってきちゃった」

心地よい風に吹かれているうちに、理沙はうとうとし始めた。

ここは山の上の草原だ。夜なので、暖かくもないし寒いくらいだ。だが、身につけている飛行用の服は耐寒性が高く、加えてローブが風を避けてくれている。

月光が眩しい。そろそろ満月は空の一番高いところに到達しそうだ。

しかし、待ち人は未だ現れずにいる。

お母さんは来るかしら。

それとも、来ないのかしら。

考えているうちに、理沙の瞼は重くなっていった。

それから、どれだけの時間が経っただろう。

理沙は、夢を見ていた。

幼い頃の夢……いや、当時の記憶だろうか。

草原で遊んでいると、母が迎えに来てくれるのだ。

――『まったく、そんな格好で。寒くなるわよ』

そう呆れたように言って、母は幼い理沙にローブをかけてくれる。

――『んもう。お母さん行っちゃうわよ？』

母に促されて、理沙もそのあとを追う。

お母さん、待って。私も行く。だから――

「――待っ……て？」

ひゅっ、と冷たい風が吹いて、理沙は目を覚ました。

ぼんやりと周囲を見ると、もう空が明るくなり始めている。

「やだ……私ったら、だいぶ寝ちゃってた？」

懐中時計を確かめると、時刻はそろそろ五時になろうとしていた。

満月は、天頂に到達する時間をとうに過ぎ、遠くに見える街のほうへ下っていっている。

と、足元に咲いていた待宵草を見て、理沙はハッとした。

「あっ……いっけない！　花も集めていないじゃないの」

待宵草の黄色い花びらが、赤みを増しながら閉じようとしている。

白かった月見草も、同じように薄紅を差して花を閉じ始めていた。夜が終わろうとしているのだ、当然である。夜の間しか咲かない花なのだから。

そして、こうなると花を摘み集めても無駄だ。

理沙の母が『よい染料になる』と言っていたのは、満月が天頂に到着してからわずかの間に採取したものだけ。月の光の魔力が一番高い状態で摘んだ花だけが、染め方次第で月光のような薄黄色や夜そのもののような暗紫色（あんししょく）を表すのだ。

同じ植物でも、季節や温度、成長の度合いによって内に秘めた色が違う。

たとえば桜の木が最も色を蓄えているのは開花の直前だし、ヨモギの葉などは草丈の伸び具合で色が変わってしまう。

そして、目の前で揺れている花たちは、その花びらを既に閉じようとしている。理沙が山へと下り立った時の花とは、もう性質の違うものになってしまったのだ。

「何をしに来たのかしら、私……」

目的の花は摘めず、再会を期待していた母は来なかった。

とんだ肩透かしだ……と理沙は脱力した。

「お母さんたら、自分で呼んでおいて……いや、呼んではいないか……」

満月の晩にいい染料が採れる——母が手紙で伝えてきたのは、それだけである。勘違いしていそいそとやって来たのは、自分のほうだ。

「はあ……」

長いため息をつきながら、理沙は思わず月見草の揺れる草原に寝転がった。

だが、その瞬間、倒れた状態の視界に何かが映り込んだ。

理沙は顔を傾けてそれをよく見る。

「……これは」

花籠が置いてあった。

その中には黄色い花——待宵草がたくさん入っている。

理沙は目を瞬いた。

しかし見間違いではないようだ。なかったはずのものが、ある。

「えっ……ええっ？　私、籠は持ってきてないけれど……これは……この籠は、まさか」

手編みの花籠に確信する。

母が来たのだ。ここに。

「お母さんっ……!?」

花籠を抱えて理沙は立ち上がり、慌てて周囲を見回した。

朝に白み始めた空の下、草原も薄っすらと明るい色を取り戻してゆこうとしている。

だが、母の姿はない。

人の気配すらない。朝の冷えた風が、静かに草木を揺らす音が聞こえるだけだ。

理沙は呆然と花籠に目を落とした。

「……来たのなら、起こしてくれたらよかったのに」

ため息をついて愚痴を零したあと、ふっ、と理沙は微笑んだ。

母らしいと思ったのだ。

母は、別に娘に会いたくて手紙を寄越したわけではない。

この花籠にたっぷり入っている待宵草を娘に使って欲しかっただけなのだろう。

「お母さんだけしっかりこっちの安否を確認して、ずるいわ……でも、まあ、元気なんでしょうね」

昔のように足も腰も頑強なままでいるはずだ、と理沙は思った。

これだけの花を理沙が眠っている間に集められた母である。しかも、母自身が使う分の花も摘んだことだろう。

そもそも、母は花籠以外には何の痕跡も残さずに、ここへとやって来て、去った……つまり、魔女としての腕も一流のまま。何の心配もいらないようだ。

理沙は、母という人を思い出して、頬に笑みを浮かべた。

母は昔からテキパキしていた。

恐らく花を摘み次第さっさと下山し、既にどこかで草木染めを始めていることだろう。

「……よしっ。私も帰りましょう！」

気持ちを切り替えるように言って、理沙は帰り支度をする。

早く帰って、この花を使って草木染めをしてしまおう、と考えたのだ。

有り余る時間があるからと、だらだら使いがちな理沙である。少し、母を見習おうと思った。

とはいえ、もう間もなく朝になる。

空は夜と異なり、鳥や飛行機など、飛んでいるものがよく見える。当然、魔女が飛んでも見つかりやすい。

「麓(ふもと)で時間を潰して——そうね、おいしいものを食べて帰りましょう。それがいいわ」

理沙は一旦箒で山を下りて、日没まで時間を潰すことにした。

この山の麓には人の集落がある。

人も少なく自然に近い集落だが、こういうところには地元の人間すら知らない隠れ家的な料理店があったりするのだ。

この山の周辺は水がきれいなため、野菜や米など、よい食材が手に入りやすい。それを使って料理をしたいと考えるのは自分だけではないだろう、と理沙は考えた。

「きっとあるはずよ、おいしいお店が」

理沙は食べ物に目がなく、同時に鼻が利く。だから、この山の麓においしい料理店が存在していると確信していた。

東の空から、朝がやって来る。

山のあちらこちらから、起き出した鳥のさえずりが聞こえ始める。

理沙は、花籠の中身が零れ落ちないように、しっかりと箒に固定する。

そうして箒に跨がると、薬の山の草原から朝日の昇る空に向かって飛び立ち、ひとまず麓の集落を目指したのだった。

第四章　人探しと懐かしのジビエグリル

理沙が箒に乗り薬の山を出てから、一日が経った。

母には会えなかったが、元気そうだと分かったし、帰路につくまでの日中に山の麓で料理店も見つけた。

理沙の読み通り、やはり地産の食材を使った素敵な料理店だった。

クスクスとリコッタチーズが載った大根と水菜のサラダ、ふわふわでとろとろのポテトグラタン、飴色玉ねぎのオニオンスープ……何を食べてもおいしかった。

特に絶品だったのはチキンの照り焼きだ。

感心した理沙が店主にそれを告げると、照り焼きなのに醬油等を一切使っておらず、桃を煮詰めて味をつけているのだと教えてくれた。

新鮮な驚きは、理沙がとりわけ好む人生のスパイスだ。

食べたいメニューは他にもまだたくさんあった。いつかまた時間が経ちすぎる前に行きたい……そう思いながら、理沙は都内のマンションへと帰ってきたのだ。

非常によい旅だった。

今回の長距離飛行について、理沙はそう感じている。

だが、何より満足だったことがある。

それは、母が摘み集めてくれた待宵草が本当に優れた染料だったことだ。

☆

「はあ……本当にきれいな色ね」

作業部屋の中で、理沙はため息交じりに呟く。

見つめる先には、二枚の薄布が吊るされていた。太陽の光が届かない部屋の日陰で、窓から吹き込む風にヒラヒラとなびいている。

羽衣(はごろも)のようなその二枚の薄布は、待宵草で染めたストールだ。

箒で帰ってきたのが、深夜のこと。そこから朝までひと眠りし、さっそく染めたものをここで乾かしていたのだ。

現在、正午を過ぎたところだが、薄手のストールはもうしっかりと乾いている。

「山まで行ってきたかいがあるというか……」

理沙は手にしたメモ用紙を見て、目を細めた。

草木染めのレシピだ。

母の文字で、待宵草を――母は『月見草』と間違えたまま記していたが――使った草木染めの方法が書いてある。母は待宵草を摘み集めただけでなく、花籠の底にこのレシピを忍ばせてくれていたのだ。

そのレシピのやり方で染めたのが、この二枚のストールである。

月光を糸にして織ったような淡い黄色が一枚。

そして、夜闇(やあん)のような暗紫色が一枚。

それぞれ色がまったく異なるのは、草の色を布の繊維に定着させるための媒染剤を変えて染めたからだ。同じ染料を使っても媒染剤が違えば、このように現れる色はまったくの別物になる。

理沙も、草木染めは昔から親しんでいる。

だが、満月の夜の数分間にだけ採れる待宵草を使うのは初めてだった。

母から聞いてはいたが、ここまで美しい色が出せるとは知らなかった。どういう染め方をしたら、この色を出せるのかも。

「さすがお母さん……五百年も生きているだけあるわね……」

呟きながら、理沙は改めて母の偉大さを噛みしめた。

百年も違えば、世界が変わる。

そういう百年を、母は理沙より二周分も長く生きてきたのだ。知識も経験も、ずっと豊富な魔女なのである。

母と比べてだけではない。この世界には、まだまだ理沙の知らないことがたくさんある。

目の前の美しい色のように。

山の麓にあった料理店や、そこで食べたおいしい料理のように。

年を経てから分かった母の偉大さのように。

過去から未来に向かい進む時間の中で変わってゆく大地のように。

それらを、理沙はもっと知っていきたいと思っている。

「さて……もう乾いたことだし、どうかしら、似合うかしら」

理沙は、二枚のストールを順繰りに己の首に巻いて、姿見を覗き込んだ。

鏡に映った姿に、思わず頬が緩んでしまう。

「似合ってるわよね、ノアル？」

理沙が尋ねると、鏡の中で目が合った使い魔の黒猫が『そうね』とアイコンタクトを送ってくれた。彼女はお世辞を言わないので、どうやら似合っているらしい。

気をよくした理沙は、外出することにした。

箒で長距離を飛んでまだ半日しか経っていないので、身体は疲れているはずだ。ベッドに沈んだら、一瞬で眠ってしまう気がする。

しかし、それ以上に、理沙の中で外を歩きたい気持ちが強かった。

それは遠くの過去へと旅をしてきたからだろうか……今、住んでいるこの街を改めて見て歩きたくなっていた。

理沙は、窓の外に目をやる。

外の陽気が心地よさそうな散歩日和だ。

美しく染め上がったストールも、外出への意欲を掻き立てる。

ちょうどお腹も空いてきていた。

理沙は普段、この街で外食することがあまりない。

顔を覚えられてしまうと、その寿命の特性上、面倒なことになりかねないからだ。

加えて、長い人生で様々なものを食べて味の知識が豊富なため、理沙はいわゆる舌が肥えた状態になっている。自炊も苦ではないため、自分で作ったほうが満足度が高い食事になることも多い。昨日、偶然旅先で見つけた山の麓の料理店が、いかに理沙にとって嬉しかったかという話だ。

とはいえ、この街でまったく外食しないというわけでもない。

花屋や肉屋、八百屋のように、昔から理沙を知っている飲食店には足を向けることもあった。それに、最近の飲食店は、以前よりも持ち帰りのメニューをたくさん扱っているので、買って帰ることもあった。だいたい、いつもの総菜屋になってしまうのだが。

もったいないわよね、とは理沙も常々思っている。

同時に、もっと人生を楽しめるのでは、とも……旅先から帰ってきて、その気持ちが強くなった。

「うん。せっかく気持ちが向いているのだし、出かけましょう」

そう言って、理沙は外歩き用のワンピースに着替える。

色は、もちろん黒。

そこに、月光色のストールをふわりと巻く。

「にゃ」

「あら、ありがとう。ノアルにも何かお土産を買ってくるわね」

ノアルの『いい感じじゃない』という言葉に、理沙はいい気分になった。

楽しい気分で外に出る。

昨晩も散々感じた、箒に乗った時のような空へ向かう風。それを下ってゆく階段で感じながら、理沙は足取り軽く駅前の方角へと歩いていった。

☆

時間の感覚もあやふやな理沙だが、曜日感覚も同様だ。

「今日は土曜日だったのねぇ……」

人の多い駅前の通りを眺めて、理沙は途方に暮れた。

平日だと思って外に出てきたのだが、見渡す限り、どこもかしこも人で賑わっている。

困ったわね……と理沙は小さなため息をつく。

理沙は、一人で行動することが苦ではない。

けれど、寂しくないかというと、それはまた別の話だ。

薬の山の草原に一人きりでいた時よりも、この人で溢れる街中のほうがずっと寂しさを感じる。それは恐らく、相対的に己の孤独さが浮き彫りになるからなのだろう。

それでも平日の日中は、まだ平気だった。

仕事に学校に買い出しなど、人々は皆、それぞれの日常を生きるために活動していることが多いからだ。

しかし、週末のこの時間となると、雰囲気がまるで違う。交遊のために出歩いていたり、観光のために他の地域からやって来たり……誰かと連れ立って歩いている人々の姿が目立つ。

この様子だと、飲食店も同様だろう。いつものように、お一人様で入れないこともない。

だが、どことなく居心地の悪さを感じてしまいそうだった。誰に責められているわけでもないのだが、何だか悪目立ちしそうな気がするのだ。そんな事実はなくとも、気疲れしてしまいそうだった。

「仕方ないわ、何か買って帰りましょう……って、あら？　あれは――」

理沙は目がいい。

それは、森の中にいる時や夜の空を飛んでいる時だけではない。人混みの中にいる時でも同じだ。

そんな理沙の目が、人の流れの中に知った顔を見つけた。

先日、この街へとやって来た大学生・菜々だ。

その菜々は、人の流れから少し離れた道端でキョロキョロしている。何か困っているような様子だ。

理沙は、彼女のほうへと足を向けた。そうして声をかける。

「菜々ちゃん、こんにちは」

「えっ……あれっ、理沙さん⁉」

菜々は目をぱちくりさせた。

その反応に、理沙はにっこりする。覚えていてくれたようだ。

「また会えたわね」

「こんにちは！　うわ〜、また会えて嬉しいです！」

「菜々ちゃん、何か困っていた？」

理沙の問いかけに、菜々は「えっ」と狼狽えた。

それから、理沙の顔をまじまじと見て尋ねてきた。

「……理沙さん、なんで分かるんですか？」

「菜々ちゃんが、困っていそうな顔をしていたから」

「してました？」

「ええ。それに、誰かか何かを探しているようだったわね」

「ああー……ええと、実はそうなんです」

困っていることを認めて、菜々は理沙に説明した。

人を探しているのだという。

聞けば、同じ大学の同じ学科に在籍している子らしい。

「お友達？」

「というほどの仲では……というか、私、まだ友達らしい友達、いないんです。彼女とも、話をしたことすらなくて」

菜々の表情が曇る。

入学して一ヶ月の間、実家から通っていたという彼女である。その通学にかかる時間の長さから、新しい交友関係を築く間もなかったことだろう。

「だから、理沙さんとまた会えて、本当に嬉しくて」

「私も会えて嬉しいわ……と。あら？　じゃあ、どうして菜々ちゃんがその子を探しているの？」

「彼女、昨日、教室に忘れ物をしていったんです。講義のレポートなんですけど」

菜々は、トートバッグからクリアファイルを取り出した。

そこには、レポート用紙が挟まっていた。

細々（こまごま）とした文字で書かれている。

「こんなに書くのね」

「はい。他の講義だとパソコンでいいんですけど、このレポートの講義はコピペする生徒がいたっていうんで、教授が手書きを原則にしていて」

「コピペ……？」

「えっと、理沙さん？」

「ううん。なんでもないわ」

手書きでたくさん書いていてすごい……そう理沙は思っただけなのだが、新しい最近の言葉が出てきた。

理沙もパソコンはさすがに知っている。

だが、『コピペ』が何なのかは分からない。可愛らしい響きは理沙も食べたことのあるアイスクリームの名前に似ているが、話の流れからして、恐らくまったく違う意味の言葉なのだろうと思った。

「レポートを他人の私が預かるのもどうかと思ったんですが……」

「持ち主の子、友達ではないようだけど、それならどうして菜々ちゃんが？」

「あー……最後まで教室に残っていたら、教授に『このレポートの持ち主の子、知ってますか？』と声をかけられて。それで名前を見たら、自宅の最寄り駅近くで見かけたことがある子だったので、そう答えたら『拾得物として大学に届け出てもいいんだけど、直接渡してあげられないかな』という話になりまして……」

「その子の連絡先とか知っているの？」

「いえ、知らないので今こんな感じでして」

「ああ、ごめんなさい。そうよね」

困ったように頬を掻く菜々に、理沙は苦笑する。

電話番号などでも知っていれば、呼び出すか待ち合わせをすれば済む話だ。

「でも、同じ学科の子なら、大学での授業でも会うわよね？　その時に渡すのではだめなの？」

「だめではないんですが、期限前に余裕を持ってレポートを書き始めているような子だし、しっかり書こうとしているかもしれないから、できれば早めに渡してあげたいよね、と思案した教授も仰ってて。それに、私的にも、他の予定もあって早めに終わらせておきたいのかもしれないなと思ったので」

「そう。菜々ちゃんは優しいのね」

「い、いえいえ、そんな、優しいなんて滅相もない……！」

「でも、菜々ちゃんはいいの？　持ち主探しをすれば、そのぶん菜々ちゃんの時間を削ってしまうのに」

「私は……その……むしろ予定がなくて暇だったので……」

言いにくそうな菜々の様子に、理沙は察した。

友達らしい友達がいない――先ほど、菜々はそう言っていた。

バイトやサークルが決まっていないのであれば、大学がない今日のような日には、暇と共に孤独を持て余していたのかもしれない。基本的に一人で過ごしてきた理沙には、何となくその状況に置かれた者の気持ちが分かる。特に、多感な十代であれば、その暇と孤独にバツの悪さを感じることがあるかもしれない。

「それで、その子はこの辺りで見かけたの？」

「はい。そうです」

「近くに住んでいるとかかしら？」

「えーと、それはちょっと……近くに住んでいるかもしれないとは思ってるんですが……」

「……菜々ちゃん。もしかして、かなり当てずっぽうで探していたんじゃない？」

「や、そんな当てずっぽうじゃないはずですよ……たぶん……」

言いにくそうに、菜々が視線を逸らした。小声になってゆく。

その様子を見ていて、理沙はいよいよ彼女が可哀想になった。

「菜々ちゃんは、もうそのレポート終わったの？」

「いえ、まだ……結構難しくて」

「その落とし物を自分のものにはしないのね」

「しないですよ。そんなことをしても、自分のためにならないので」

「そう……菜々ちゃん。人探し、手伝ってあげましょうか」

「えっ。いいんですか？」

「菜々ちゃんがレポートを書く時間も増えたほうがいいでしょう？」

「うわあ……ありがとうございます、助かります！」

頭を下げる菜々に、ふふ、と理沙は笑みを浮かべる。

やっぱり、菜々は素直な子だ。

そう思ったから、理沙は彼女を助けてあげたくなったのである。

「ところで、菜々ちゃんはお昼ご飯はもう食べた？」

「え……あー、食べてませんね。そういえばお腹が空いたような……」

「どれくらいここにいたの？」

「えっと、十時くらいからいたから……うわ、二時間もいた！」

携帯電話を取り出した菜々は、その画面に表示された時刻を見るなり、目をしぱしぱさせて驚いた。

時間が思ったより過ぎていたことに、彼女は今まで気づかなかったようだ。何かに熱中していると空腹すらも忘れてしまう性質の子なのかもしれない。

「ご飯はちゃんと食べないと倒れちゃうわよ？」

「そうですね……自分でも忘れがちだという自覚はあるので、気をつけてはいるんですけど」

「ねえ、菜々ちゃん」

「はい？」

「手伝ってあげる代わりと言ってはなんだけど……一緒にお昼ご飯を食べてくれない？」

理沙の申し出に、菜々はキョトンとした。

「あの……そんなことでいいんですか？」

「ええ。誰か一緒にご飯を食べてくれないかしら、って思っていたところだったのよ」

「私でよければ、ぜひ！」

「よかった。じゃあ、一旦お昼を食べてからその子を探しましょう。何か食べたいものはある？」

「いえ、特に……あ。私、まだこの街に詳しくないので、できれば理沙さんのお勧めのお店とかあれば」

「お勧めね、いいわよ。何か食べられないものはある？　苦手な料理とか」

「苦手なものとか、特にないです。何でも食べられます……あっ」

「どうかした？」

「その……ゲテモノ料理は、ちょっと……」

「ああ、なるほど。大丈夫よ、最初からそういうのは勧めないから安心して」

「よかったー……って、理沙さん。勧めることあるんですか？」

「時と場合によってはね」

「えぇ……」

「ほら、行きましょう。今から行くお店は、本当においしいわよ」

くすくす笑いながら、理沙は菜々を促した。

先ほどまで、どこか疎ましく眺めていた賑やかな人の流れ。それに乗って、理沙は菜々をお勧めの店へと案内するのだった。

☆

食べながら、理沙は探し人の特徴を訊いた。

レポートに書かれていた名前は、西野葉月。見た目は小柄な女性で、菜々曰く『可愛い』らしい。髪はボブで、少し明るい茶色に染めている。

「菜々ちゃん……ちょっと情報が少ないわね」

老舗の洋食店でオムライスを食べながら、理沙は苦笑した。

猫の目のような形のオムライスだ。卵焼きは目に鮮やかな黄色で、中に包まれたチキンライスはそれだけでも十分おいしい。しかし、自家製の濃厚なトマトケチャップがかかっていることで、この店のオムライスは完成する。

食べている間の気持ちは〝至福〟の一言に尽きる。

長く生きてきた理沙だが、この店以上のオムライスを知らない。

このオムライスを目当てに通っているうちに、もう、かれこれ五十年も経ってしまった。そのため店主にもしっかり顔を覚えられている。青年だった店主も、もうすっかり老爺になってしまった。しかし、店主は何も気にするそぶりを見せず、そして当時からこの味は変わらない。

初めて店を訪れた菜々も、夢中になってスプーンを口に運んでいた。だが、理沙の苦笑交じりの言葉にしゅんとする。

「ご、ごめんなさい。私もあんまりちゃんと彼女の外見を覚えていなくて……」

「まあ、しょうがないわよね。あまり接点がない相手だもの」

「探すの、無理ですかね」

「いえ……そうね……」

オムライスを食べ終えた理沙は、グラスから水をひと口。

それから一つ頷いて答えた。

「いい案があるわ」

「本当ですか」

「ええ。ここを出たら、さっそく試してみましょうか」

食後に提供されたコーヒーを飲んで、理沙と菜々は店をあとにした。

外に出た理沙は、周囲を見渡す。

その行動を不思議そうな目で見ていた菜々だったが、疑問が解決できなかったからか。

しばらくして理沙に尋ねてきた。

「あの、理沙さん……何を探しているんですか？」

「野良猫か、カラスがいいわね」

「えっ？　なんで……？」

「そりゃあ、その葉月さんを探すために決まって――あ。いたいた」

道の先で歩道に下り立ったカラスがいた。

理沙は驚かせないよう、ゆっくりとそのカラスに近づく。

そして人にするように話しかけた。

「君、こんにちは。いたずら、していない？」

カラスは一瞬、理沙を見て驚いたように硬直した。

だが、少ししたのち、首を傾げた。まるで話を聞こうとでもいうように。

否、実際にこのカラスは理沙の話を聞こうとしてくれていた。

「カァ」

「そう、それならいいのよ。あのね、実は、人を探しているんだけど、あなたたちの力を借りたいの……名前は西野葉月さんで、性別は女の子。身長はこれくらいで、髪の毛の長さはこれくらい。色は明るい茶色だけど、そうね――菜々ちゃん」

「えっ、はい？」

「この通りを歩いている人で、葉月ちゃんに似たような髪色の人はいる？」

「え？　えーと……あ、あの人くらいです」

失礼にならないように菜々がこっそりと示した先には、確かに明るい茶髪の人がいた。葉月ではなく、男性だが。

「髪の色はあの人くらいですって。見つけたら、教えてくれるかしら」

「カァ、カァ」

「ありがとう。あと、近くに野良猫がいたら教えて欲しいのだけれど」

理沙の言葉を聞くなり、カラスは飛び上がり、電柱の先に留まった。

カラスはそれから、遠くに向かって合図を送るように鳴いた。

少し待つと、遠くから返事が返ってくる。

すると電柱のカラスが、返事が返ってきた方角に向きを変えて「カァ、カァ、カァ」と鳴いた。理沙に念を押すように、もう一度同じ回数の鳴き声を繰り返す。

「なるほど、そっちに猫がいるのね。菜々ちゃん、行きましょう」

「へっ？　あ、はいっ」

野良猫がいるとカラスが教えてくれた場所に、理沙はさっそく向かう。

その後ろを、菜々が怪訝(けげん)そうな顔でついてきた。

「あのぅ、理沙さん。なんで野良猫なんて……っていうか、今のは？」

「私ね、実は動物と話せるのよ」

戸惑っている菜々に、理沙はそう答えた。

魔女だという話は伏せたが、嘘ではない。

「ええと、それは……」

案の定、菜々は言葉を濁した。反応に困っているようだ。

「猫の手も借りたいっていうじゃない？」

「は、はい」

「実は、借りられるのよ。信じられなければ、別に信じなくてもいいのだけど――」

「いえ！　信じます！」

食い気味に菜々が言ったので、理沙はびっくりして目を見開く。

「あ。す、すみません。大きな声を出してしまって……」

「いいえ、私は構わないけれど……でも、訊いてもいいかしら？　どうして私を信じるなんて言ってくれたの？　私、普通じゃない、変なことを言ったと思うわよ」

信じてもらえなくてもいい。

そう思って、理沙は菜々に言った。

菜々に対してだけではない。嘘は苦手なので、基本的にはいつも本当のことを伝えている。

だが、冗談だと思われる。本気にする人など、ほとんどいない。三百年以上そうだったのだ。だから、理沙は期待していないのだ。自分が自分を知っていれば、それでいい……そう思っている。

けれど、目の前の人間は——菜々は、理沙を信じると言った。

理沙は知りたかった。

断言したその理由。自分を信じようとする、その理由を。

「それは、その……理沙さんが言ったことは、本当だったので……」

「え？」

「理沙さんが『絶品なのよ』って渡してくれたたい焼きは本当に絶品でした。『本当においしいわよ』って教えてくれたオムライスは、本当においしかった……だから、理沙さんが言うことは、本当のことだって思うんです」

菜々の答えを聞いて、理沙はポカンとしてしまった。

だが、次の瞬間には笑いが込み上げてくる。

「……菜々ちゃん。これが詐欺だったら大変よ？」

「し、信じてますから。理沙さんは、そうじゃないって！」

「じゃあ、私の話は本当だってこと、信じてくれた菜々ちゃんに証明してあげないといけないわね――あ、いたいた」

路地を曲がった先の小道だった。

そこに、一匹のぶち猫が寝そべっていた。

ノアルほどではないが、立派な体格の猫だった。貫禄があると言ってもいい。顔にも、どこかふてぶてしさが漂っている。

というか、昼寝の最中だったのだろう。眠そうだ。

「あら。源（げん）さんじゃないの。ついてるわね」

「そうなんですか？」

「ええ。商店街のガラガラで特賞が当たったくらい、ついてるわ。こんにちは、源さん」

猫を見て、理沙は歩み寄った。

ぶち猫はまったく動じない。理沙が目の前でしゃがむと、よっこらしょ、とでも言うような緩慢な動きで立ち上がり、喉を鳴らして理沙の脚に頭を擦り付け始めた。

その様子を見て、菜々が目を瞬いた。

「知ってる猫なんですか？」

「ええ。源さんはこの辺り一帯で知らない猫はいないボス猫なの。この街のことにも、とっても詳しいのよ」

理沙の言葉に、猫・源さんはお座りをした。

菜々を一瞥した彼は、どこか誇らしげに胸を張っている。

「んなぁ」

「え？　ああ、ノアルなら元気よ。ありがとう、また遊んであげてね」

「んなぅ～」

「あの子と遊んでくれるのなんて、源さんくらいよ。若い猫だと怖がっちゃって」

「んなお」

「あら、源さんったら美猫だなんて、ノアルに伝えておくわね……あのね、源さん。今日はちょっとあなたの手を借りたいのだけど、いいかしら？」

理沙がそう頼むと、源さんは目を一度細めてみせた。

ノアルもよくやる、ポジティブな意味のアイコンタクトだ。手を借りてもいいらしい。

「源さん、お鼻の調子はいい？　そう、大丈夫なのね……菜々ちゃん」

「あっ、はい」

「葉月ちゃんのレポート用紙を貸してくれる？」

「え？　レポート用紙？　ちょ、ちょっと待ってくださいね——はい」

菜々は困惑しながら、レポート用紙の入ったクリアファイルを取り出した。

それを受け取った理沙は、クリアファイルからレポート用紙を抜き取り、源さんの目の前に差し出す。

「この持ち主を探しているの。分かるかしら？」

すんすん、と源さんは鼻を寄せて紙の匂いを嗅ぐ。

その様子に、菜々は首を傾げる。

「あの、理沙さん。持ち主の匂いで探してもらう的なやつ、ですかね？」

「そうね」

「犬じゃなくてもできるんですか？」

「猫だって、人間よりずっと鼻がいいのよ。それに、源さんには匂いを追ってもらうわけでもないから。源さんは——」

理沙が説明する途中で、源さんが眠そうな顔をレポート用紙から背けた。

それから地面につけていたお尻を浮かし、尻尾を持ち上げて、とて、とて、とゆっくりしたペースで歩き出す。

彼は一度立ち止まって振り返り、理沙に目で合図をしてきた。

「あら源さん、本当？　行きましょう、菜々ちゃん」

「えっ、あっ……はいっ」

理沙と菜々は、再び歩き出した源さんのあとを追う。

道を右に左にと折れながら、住宅街の中を奥へ奥へと進んでゆく。

☆

源さんの歩みは、非常にゆったりとしたものだった。

何せ源さんは、年齢を数え始めてから今年で十五年になる老猫である。最近は体力を節約気味に行動しているし、日中はほとんどの時間、先ほど路地でそうしていたように身体を休めている。

その源さんの歩みに合わせているのだ。

当然、理沙たちの歩く速度もゆっくりしたものになる。

「菜々ちゃん、この街にも慣れてきた？」

「え……ああ、はい。何となくですけど。理沙さんに初めて会った頃の緊張感も、もう落ち着いてきました」

「それはよかったわ」

「理沙さんのおかげですよ」

「私？」

「はい。あの時は、本当に不安だったので」

「そういう顔をしていたものね」

「理沙さんが話しかけてきた時、びっくりしたんですけど、この街を案内してもらえて……嬉しかったんです。何だか歓迎されているみたいで――」

笑顔で話す菜々に、理沙は昔の自分を重ねた。

ゆらゆら揺れる、源さんの尻尾……それを眺めていると、自身がこの街にやって来た時の思い出が、記憶の宝箱の中から蘇ってくる。

あの時も、こうして、この街の猫たちが案内してくれた。

知らない場所、知らない人、探しているもの、おいしいもの……友人のアキが嫁いだ先ではあったが、彼女がどこに住んでいるかもまだ分からなかった理沙に、最初にこの街を紹介してくれたのは、この街に住んでいた動物たちだった。

当時はもちろん、源さんはいなかった。

だが、彼の何代か前のご先祖猫は、やっぱりこの街のボス猫で、理沙もたくさんお世話になったものだ。

「お互い様よ」

理沙は、自分がしてもらって嬉しかったこと、それを菜々にしただけだ。

だが、それで思いやりの心や優しさが、種族を超え、世代を超え、脈々と続いていくのなら……時代を超えて世界を見守るように生きていく魔女には、この上なく幸せなことだった。

「特にありがたかったのは、お勧めのお店を教えてもらえたことですね。個人でやっているようなお店って少し入りにくかったんですけど、あれから買い物に悩まなくて済みましたし……やっぱりいい食材を使うとおいしくなるからかな。自炊も楽しくて」

「食生活の充実は大事よね。一人暮らしは始めたばかりだと、急に食の質が落ちるだろうし……そこがダメだと、活動そのものの質も落ちてしまうし」

やはり自分の過去を思い出して、理沙は苦笑する。

母の手料理のありがたさが分かったのは、村を出てからしばらく経ったあとだ。

首から下げた月光色のストールに目がいく。

この染め方だって、村にいた頃に聞いておけばよかった……料理をはじめ、そう思うことが、理沙には数え切れないくらいたくさんある。きっと、これが後悔というものなのだろう。

「この街に、菜々ちゃんが〝おいしい〟と思えるものがあってよかったわ。でも、菜々ちゃんの地元にも、あったんじゃないかしら？　おいしいもの」

「そうですね……ええ、ありました」

「どんなもの？」

「私の地元は、魚介がおいしいんですよ。海が比較的近いので」

「菜々ちゃんは、海のほうの人なのね」

「はい。祖父が生きていた頃は、船釣りを趣味にしていたので、よく釣った魚を食べさせてもらってました。特に、カレイの煮付けがおいしくって……ウニとか貝とか、ワカメとかも、新鮮なものが食卓に並びましたね」

「あら、それはおいしそう。いいわね、聞いているだけで食べたくなっちゃう」

菜々の話に、理沙は思わず味を想像する。

人生が長いだけに食の経験も多いため、人よりもハッキリと味を思い描くことができる。

そして、食欲もすぐに湧いてしまう。

近いうちに使い魔便で漁港からお取り寄せしましょう、と理沙は内心で呟いた。

今の時期だと、貝やウニなどが旬だったかしら。ホタルイカやエビなんかもおいしかったような……と思考が捗る。

「ウニもそうですけど、こっちだとお魚は、結構、値段が高いんですよね……地元でよく食べていたものの値札を見てビックリすることもあって。なので、実家に帰省した時にたくさん食べようって思ってます」

「何だかんだ言って、獲れたての新鮮なお魚はおいしいものね」

「はい。食べられなくなって、食べたいなって思うようになりました」

「その気持ち、私も分かるわ」

「理沙さんは、この街が地元じゃないって前に言ってましたですよね？　ご出身はどこなんですか？」

「山のほう」

「山……？」

理沙の答えに、菜々が困惑している。

恐らく、都道府県で答えが返ってくると思っていたのだろう。

だが、理沙は敢えてはぐらかした。

詳しい出身地の話をすると、今はもうない村の話になってしまうかもしれないからだ。

別の地域出身ではあるが、菜々にも土地勘がある可能性はある。そうなると、少々ややこしいことになるので避けたのだ。

「えーと……山だと、何がおいしいですか？」

少し考える素振りを見せたあと、菜々はそう理沙に尋ねた。彼女も、突っ込んで訊く必要はないと思ったのだろう。

理沙はホッとしながら、菜々の質問に答える。

「やっぱり、山で採れるものがおいしかったわね。山菜とか、自生しているアケビとか……山ぶどうで作るジュースやワインも」

「ああ。理沙さん、ワインとか作りそう」

「作るわよ」

「えっ、本当ですか」

「菜々ちゃんが飲みたいなら、今年は作ろうかしら」

「えーっ、私、飲みたいです！」

「じゃあ作るわね」

「やったぁ！」

喜ぶ菜々を見て、今年の秋は山に行ってこなきゃね、と理沙は考える。久しぶりだったはずの筈での飛行の回数が、今年は多くなりそうだった。

ふと、理沙の胸に、楽しさと同時に寂しさが過る。

同じ一年なんてないのだと、急に実感してしまった。

季節はいくたび巡っても、まったく同じ季節はやって来ない。目で見る景色も、出会う人も、過ごす時間も、自分の居場所も……

「んなぁ」

物思いに耽っていた理沙は、源さんの鳴き声に足を止めた。

源さんが立ち止まり、振り返る。

駅から徒歩十五分くらいの住宅地、その一角に建つアパートの前だ。

「あら。源さん、ここ?」

理沙の問いに、源さんは目を細めて肯定を示す。

そうして元来た道を、またゆったりとした足取りで戻っていった。

「あの、理沙さん……ここ?」

「西野さんが住んでいるらしいわ」

「ここに……どの部屋なんでしょう?」

「……あ。訊くの忘れちゃった。源さん、知ってたかしら」

うーん、と理沙は腰に手を当てて唸った。源さんの姿は、もう見えない。

アパートは、集合住宅である。そして三階建てのこのアパートにも、ざっと十部屋以上あった。最近は昔と違って、表札を付けていない部屋も多い。そして葉月は女子大生である。一人暮らしなら付けていない可能性が高い。

近所の人か、あるいはここを縄張りにしているカラスはいないだろうか、と理沙は探す。いれば、探し人の部屋がどこなのか知っているかもしれない。

そんな風に、理沙が次の手を考えていた時だった。

「あれ？……あっ！　やっぱり西野さんだ！」

菜々が声を上げた。

菜々の視線の先、明るい茶髪の小柄な女性がいた。アパートへの道を歩いてくる。

「はい？　えっとー……確か、大学の」

「そう、私、同じクラスの東(あずま)」

「あずまさん……が、なんで、ここに？」

「あっ、と――これ、落とし物のレポート」

「あーっ！　バッグに入ってないと思ったら！　えっ、落とし物ってことは、東さん、わざわざ届けに来てくれたの？」

「うん。教授に頼まれて」

「優しい！　まだ途中だったから助かる、ありがとう〜！」

「ううん、どういたしまして」

「あれ……？　でも、うちの場所、よく分かったね？」

「いや、本当に——じゃなくてっ。この地域に詳しい人が、この辺りに住んでるんじゃないかって教えてくれて」

「そっか。東さんにも、その詳しい人にも感謝だね。本当にありがとう、今度お礼に何か奢（おご）らせて……って、別に今からでもいいか」

「今から？」

「ここまで来るのに疲れただろうしさ、近くのファミレス行かない？　私、奢るからさ。ていうか、よかったら一緒にレポートやらない？　あともう少しなんだけど、全然終わる気がしなくて」

「えっ、私が一緒で、いいの？」

「誘ってるの私だもん。もちろんだよ」

「あ、でも、今は——……あれ？」

菜々がキョロキョロと辺りを見る。

その様子を、理沙は少し離れた場所で眺めていた。

菜々と目が合う。

彼女が何か言う前に、理沙は笑顔で手を振った。私はここで帰るわね、と。

「――じゃあ、一緒にやろっか」

菜々がそう葉月に言うのを聞きながら、理沙はその場をあとにした。

案内してくれた源さんがそうしたように、元来た道をゆっくり戻ってゆく……仲よくなれるといいわね、と菜々の幸福を祈りながら。

理沙の首元で、月光色のストールが心地よく揺れている。

その様子はまるで、ご機嫌な持ち主の心境を表しているかのようだった。

☆

自宅に帰るなり、理沙は使い魔便にお取り寄せを頼んだ。

菜々には言わなかったのだが、実は地元には他にも――というか、特に――おいしかったものを思い出していた。

今ではジビエとも呼ばれる、狩猟で獲れた鹿や猪(いのしし)の肉だ。

古来、動物の肉は、山が恵んでくれる最上級の食べ物だった。大物が獲れた時は、村の人たちで集まって食べたものだ。手軽に食べられるものではなかったが、理沙は今でもはっきりとおいしさを思い出せる。

そう……あの味が、忘れられないのだ。

思い出すだけで、子供の頃のようにそわそわしてしまう。

「おいしいもの、たくさんあったのよね」

使い魔便で頼んだのは、そのジビエである鹿肉だった。

帰宅するまでの間、理沙は思い出した味をどうしても口から拭えなかった。

他にもたくさんおいしいものは食べてきたはずなのに、知っているはずなのに、あの村であの時に食べた鹿肉の味が、思い出したきり忘れられない。口の中が、ずっと待っている状態だ。

食べたい。

その強い気持ちが、普段おっとりしている理沙を急かし、即座に行動させたのである。

しかし、注文した鹿肉が届くまでは待たねばならない。

その時間が、理沙の食欲をさらに増進させる。

そんな食欲を何とか抑え込んで……そうしてようやく三日が経った。

荷物が到着する予定の本日、現在の時刻は二十時。

理沙は、一緒に食べる別の料理を作って待っていた。

メインは鹿肉のグリルにする。ここは外せない。

そこで、バルコニーで採れる新鮮な野菜でサラダを、午前中にこの街の八百屋で買っておいた産地直送の、とある具材でスープを作ることにした。

理沙は、スープのレシピはたくさん知っている。

出汁（だし）からとるお吸い物や味噌汁。オーソドックスなコンソメスープにコーンスープ。食べ応えのあるポトフやミネストローネにクラムチャウダー……多様なハーブを使うブイヤベースやトムヤムクン、日本人にはあまり馴染みのないビーツを使ったボルシチなど、本格的なものでも作れる。

しかし、理沙が作ったのは、手の込んだものではない。

使う具材は、山菜の一種である行者（ぎょうじゃ）ニンニクのみ。

そこに味付けは塩だけという、最高にシンプルなスープだ。

見た目は草だが、ニンニクのような強い匂いをさせる行者ニンニクは、それだけでスープに十分な旨味をもたらす。もっと手の込んだ料理に使ってもいいのだが、今日の理沙は塩だけに拘った。

それが、子供の頃、あの村で食べていた味付けだからだ。

山から採ってきた行者ニンニクと塩だけのスープ、そこに焼いた鹿肉……それが、母と過ごしたあの村でのご馳走だったのである。

「三つ子の魂百までとか、雀百まで踊り忘れずっていうし……そういうのって染みついてしまうものなんでしょうね」

先にキャットフードのカリカリを食べているノアルを見て、理沙は呟いた。

ノアルは顔も上げずに食べ続けている。

実は彼女、本当は人間用の鰹節が大好きなのだ。小さい頃にたまたま食べてしまって、虜になった。だが、猫用のものは口に合わず、身体のことを考えて、今はカリカリだけを食べている。長生きのためだが、それがちょっと不満であるらしい。

そのノアルが、顔を上げた。

理沙の顔を見て一言、合図するように「にゃ」と鳴く。

使い魔便が届いたというのだ。

「えっ、本当！」

理沙はバルコニーへと急いだ。

今回は速達だったため、猫ではなくカラスたちが空輸してくれることになっていた。配送時間は夜だけだが、猫よりも圧倒的に早い。

バルコニーへ向かうと、カラスが三羽と、その前に荷物が置いてあった。

「届けてくれて、ありがとう。はい、これはチップよ」

理沙はカラスたちに向けて手を差し出す。

そこには、キラキラした白蝶貝(しろちょうがい)のボタンがある。

光り物好きな彼らは、それを受け取るとバルコニーから飛び去っていった。人間からすれば大した値打ちのものではないが、カラスたちの価値観では労働に見合う対価のようだ。

「よし。すぐに作りましょう」

荷物を手にキッチンへ……理沙は、すぐに調理にかかった。

鹿肉を取り出すと、塩、コショウ、それから乾燥ハーブを振りかける。

オリーブオイルなどで焼いておくほうが現代的だが、理沙が求めている味とは異なる。

逆に、作る上で便利な新しい技術や道具は、当然あの村にはなかったが、使う。そもそもここはマンションの一室のキッチンだ。村でしていたように焚火をして焼くわけにはいかない。

焚火の代わりには、オーブンを使う。

下ごしらえをした鹿肉をアルミホイルで包み、百七十度に熱しておいたオーブンに入れて、およそ十分。それを取り出し、そのままさらに三十分ほど待つ。余熱で中までしっかりと、そしてジューシーに仕上げるのだ。

理沙にとっては、苦行のような待ち時間だった。

しかし、待ったからこそ、食べた瞬間に最高の幸福感が訪れる。

「はあ……そう、これよ……これが食べたかったの」

行者ニンニクのスープを一口、そして鹿肉のグリルを一口食べて、理沙はしみじみとその味に感じ入った。

昔食べたものと、まったく同じというわけではない。

行者ニンニクは採ってすぐのものではないし、鹿だって丸ごと焚火で焼いているわけでもない。使っている塩だって微妙に違う。

けれど、村で知った喜びが——おいしいという気持ちが、あの頃と同じように込み上げてくる。

そう、同じように……

「…………粒マスタードが欲しいわね？」

無意識に呟いてから、理沙は苦笑した。

あんなに昔と同じものが食べたかったのに、自分は早々に〝今〟の味に変えようとしている。それが、何だかとてもおかしかった。

「変わってしまったのは、私もだわね」

くす、と笑って、理沙は立ち上がる。

そうして冷蔵庫へと向かい、粒マスタードの瓶を取り出した。

あの頃は――三百年前は、まだ知らなかった味。

理沙が、生きて、経験して、知った味。

それを加えた思い出の料理は、今の理沙にとって最高の〝おいしい〟になったのだった。

エピローグ

理沙が住むこの街には、一本の有名な大樹がある。

住宅街の中に聳え立つその大樹は、ヒマラヤ杉。

かつてここにはおいしい甘味処があり、その主人が小さな苗木から育てたのだ。当時は主人の背丈よりも小さかったのだが、今は周囲の家々よりもずっと背が高い。

背だけではない。

広げた樹冠も、見事な大きさだ。

夏には庇(ひさし)のように甘味処に日陰を作り、訪れる人間に涼をもたらした。そして、この地に住む人々は、この優しい大樹を愛した。

さて……理沙もこの甘味処に足繁く通っていた一人だ。

そしてこのヒマラヤ杉の成長も、七十年ほど前にこの地に住みついてから、ずっと見守ってきた。

だから理沙はこの大樹のことを、古くからの友人のように思っている。

☆

「本当に元気がないわねぇ……」

ヒマラヤ杉を見上げて、うーん、と理沙は唸った。

相変わらず立派な大樹だ。

だが、様子がおかしい。弱っている。

最初に大樹の異変に気づいたのは、この道を毎日の散歩コースにしている理沙の古い知人・夕子だった。しばらく彼女は様子を見ていたようなのだが、改善の傾向が見られなかったため、理沙に相談してきたのである。「何だか元気がないみたい」と。

理沙は、じっと大樹を見つめる。

「葉っぱ、枯れかけているわね……根本も、虫が——ああ、なるほど」

原因に気づいて、理沙は眉を顰（ひそ）めた。

このヒマラヤ杉は、この街のシンボルになるほど大きい。

だが、ここは住宅街だ。そのため枝が伸びすぎないように、定期的に剪定されている。その剪定された部分が腐食していた。元気がなく見えた原因は、この腐食が見えない部分にまで進んでいるのだろう。

しかし、剪定されたことが不調の原因かというと、そうとも言えない。

確かに下手な剪定は樹木を弱らせることがある。むやみやたらと枝を落とせば、それだけ樹木にもストレスがかかるし、切った部分は生傷だ。あの腐食部位のように、余計な菌を侵入させることにもなる。

だが、樹木自体が強ければ、そのような状態にはなりにくい。

「腐食したから弱ったのか、弱っていたから腐食したのか……ねえ、あなたはどうしてなのか、自分で知っているのかしら？」

数人の人間をまとめたよりも太いヒマラヤ杉の幹に、理沙は語りかけながらそっと触れた。しばらくそのまま、意識をヒマラヤ杉に向ける。

すると、答えが返ってきた。

理沙は動物だけでなく、植物の声も聞くことができる。しかし、一々すべてを聞いていたのでは生活が成り立たなくなるので、普段は自分で制御しているのだ。そうしないと、毎日バルコニーで悲鳴を聞くことになってしまう。

ヒマラヤ杉から答えを聞けたのは、問題の解決に繋がる望ましいことだ。

だが、その内容は理沙を唖然とさせるものだった。

「あなたが、いらない……？」

理沙の手のひらに、悲しみが流れ込んでくる。

ヒマラヤ杉は、『この街に自分は不要だ』と思っているらしい。

その理由は、台風だ。

もうすぐ台風の季節がやって来る。その時、自分は近隣の住居に迷惑をかける存在になってしまう……ヒマラヤ杉は、それを憂いていたのだ。

それも、数年間。

長い間よくよく熟考して、そうして出した結論のようだった。

確かに、台風が来るたびにこの大樹が倒れるのでは……と近隣の住民は不安に思っていたようだ。しかし、迷惑をかけるだけの存在ではないことも住民たちは知っていた。

「バカね……要らないわけないじゃない。私はこの街にあなたが必要だって知ってるわよ。ずっと見てきたのだから」

この大樹が街を見守ってきたのと同じだけ、理沙はこの大樹を見守ってきた。

だから、この大樹が街に与えてきた影響を理沙は知っている。

みんなが、この大樹を愛していた。

たとえそのみんながいなくなって、この大樹が街に与えた影響を忘れてしまっても、理沙だけは覚えている。その自信が確かにある。

「しっかりしなさい。あなたが枯れたら、私は悲しいわ」

理沙の手のひらに、大樹の幹から温かいものが流れ込んでくる。

嬉しい気持ちだ。必要とされて、嬉しい……

「そうね……元気になって、台風なんて敵じゃないってところ、みんなに見せてあげなさい。私も力を貸すわ」

言って、理沙は幹から手を離す。

そうして急いで自宅へと引き返すと、ヒマラヤ杉に貸す〝力〟を用意し始めた。

☆

作業部屋で、理沙は古い道具箱を取り出した。

中に入っているのは、魔法の薬を作るための道具だ。

便利な道具だが、扱うのにかなりの力を消耗する。だから、ここ最近はもっぱらクローゼットの肥やしとなっていた。薬が必要ならば薬局に行ったほうが早いし、最近の薬は昔と比べてよくできている。

とはいえ、理沙は今この難儀な道具を使わなければならない。

あのヒマラヤ杉をあっという間に治すための薬を作らねばならないからだ。それは、さすがに現代の薬局でも売っていないものだった。

小瓶を前に、理沙は深呼吸した。

それから言葉を一つ一つかけてゆく。

自分の魔力を言葉に乗せて、小瓶の中に落としていくように。

「〝縫い目も残さず、針も使わず、亜麻布（あま）のシャツを作る〟」

その呪文を口にした瞬間、理沙の身体にどっと疲労が押し寄せてくる。

否、力が抜けたのだ。

見れば、小瓶の中に一滴、光の雫（しずく）が落ちていた。

理沙はこれから、この光の雫で小瓶をいっぱいにしなくてはならない。あの大樹を元気にするには、それだけの量が必要なのだ。

「〝水が一滴もない雨も降ったことがない涸（か）れた井戸で、それを洗う〟……」

口にするたびに身体がどんどん重くなる。

この魔法の道具は便利だ。

理沙の長い寿命の源である魔力を引き出し、他者に与えることができるのだから。

だが、便利だから簡単かというと、それはまったく違う。

「〝海辺の波と陸地の間に広い土地を見つける〟……〝そこにコショウの種を蒔いて、革の鎌で収穫する〟……」

何度も同じ言葉を繰り返す。

祖母から母へ、母から理沙へ、伝わってきた呪文だ。

到底不可能なことを口にする。そのたびに、光の雫が落ちる。

命を分け与えるという、不可能を可能にするために。

ノアルが心配そうに、理沙の背後で見守ってくれている。だから、理沙は笑顔で歌うように呪文を口にする。

何度も、何度も……何度も……

昼の光が差し込んでいた部屋は、気づけばすっかり薄暗くなっていた。

その薄暗さの中、理沙の手元だけが煌々と輝いている。

光の雫は小瓶いっぱいに溜まっていた。

……これだけあれば十分ね。

朦朧とする頭の片隅でそう思った理沙は、この呪文を結ぶことにした。

「〝できないのなら、やってみる〟……」

小瓶に蓋をしようとして、理沙は腕が持ち上がらないことに気づく。

この呪文はいつもこうなのだ。最後の最後、薬が完成する直前に、理沙の意思を確かめてくる。本当にこの薬が必要なのか？　本当に助けたい誰かがいるのか？

それは、お前の命を与えるだけの価値あることなのか？　と。

だが、理沙の意思はとっくに決まっていた。

あのヒマラヤ杉を助けたい……それが、私にできることだから……

「……〝そして、私にできないことは、何もない〟」

腕を気合で持ち上げ蓋をし、理沙はそのまま机の上に倒れ込んだ。

小瓶は無事だ。

倒れる寸前、ぶつからないように何とか避けた。

……だが、力が出ない。

満月であればもう少し楽にできたはずだが、残念ながら今日は新月に近い。

「にゃ」

ノアルが理沙の足元にやって来た。

主の様子に『大丈夫なの？』と心配してくれている。

「ええ……大丈夫よ……少し、このままで……」

それからしばらく、理沙は動けなかった。

ようやく動けるようになったのは、そこから六時間後……すっかり真夜中になってからのことだ。

「……善は急げ、よね」

理沙は重たい身体を引きずるようにしながら、夜の街に出た。

懐には、魔法の小瓶を大事に隠して。ヒマラヤ杉のもとへ、静かな夜をゆっくりと進む。

☆

「このヒマラヤ杉、何だか前より元気ね」

「ねー。ちょっと枯れかけてたけど、一時的なものだったのかな？」

焼けつくような日射しから逃げるようにして入ったヒマラヤ杉の日陰でそう話していた

のは、よく似た顔立ちの母娘だ。

中学生の夏海と、その母の春美である。

この大樹の近くにはお寺がある。今日は夏海の曽祖母・アキの命日なので、お墓参りに来ていた。その道中でヒマラヤ杉の前を通りかかったのである。

「これ……理沙さんが治したのかな？」

「そうかもしれないわね」

理沙が薬を作った日から、かれこれ一ヶ月が経過している。その薬をこのヒマラヤ杉に使ったことを、この母娘は知らない。

だが、二人とも人間にしては魔力が高いからだろう。大樹の変化も、そこから漂う理沙の魔力の気配も、敏感に感じ取っていた。

「じゃあ、もう安心だね」

「ええ、よかったわ。この樹が元気だと、母さんも……あっちにいるお祖母ちゃんも喜んでる気がするのよね」

そんな会話を交わしながら、母娘は目的のお寺へと去っていった。

彼女たちが通り過ぎて、しばらくしたあと。

ヒマラヤ杉の前で自転車を止める男子中学生がいた。

谷合家の息子・陽介である。

「あっつー……ああ、ここは涼しいな。少し休んでいこう」

ヒマラヤ杉の傍らには、かつて甘味処だった建物が寄り添うようにして残っている。

そこにある自販機でジュースを買い、陽介は木陰で蓋を開けた。喉を潤しながら、ヒマラヤ杉を見上げる。

「オアシスってこういう感じなのかな。本当、助かる」

陽介が再び自転車に跨がり、走り去ったあと。

すっかり夕方になってから、やって来た老婆がいた。

足を止め、ヒマラヤ杉を見上げて微笑む彼女は、散歩の途中で立ち寄った夕子だ。

「やっぱり、理沙ちゃんは凄いねぇ。何でも治しちゃうんだから、大した人だよ……あんたもね、こんなに立派になって大したもんだ」

皺だらけの顔をニコニコさせて、夕子は嬉しそうにヒマラヤ杉の幹を撫でていった。

ヒマラヤ杉が元気になって喜んだのは、彼らだけではなかった。

この街で暮らす人たちが、ここを通りかかるたびに、ちょっとずつ「よかった」「心配してたんだよね」と零していったのだ。

このヒマラヤ杉が、耳を澄まして聞いているとも知らずに。


「みんなの言葉が、きっとあなたには何よりの薬よね」

数日後の昼下がり。

蝉の合唱に包まれながら、理沙はヒマラヤ杉の前に立っていた。

活力を取り戻した大樹を見上げて、満足そうに微笑む。

薬を作ったあと、理沙はしばらく低空飛行な体調が続いていた。だが、それも月が替わるころには、すっかり元通りになった。

「こういう暑い日は、日陰が愛おしいくらいよ。みんな、ここでひと息入れていくでしょう？　だからってわけでもないけど、あなたはこの街に必要なのよ」

サラサラ、と木の葉が鳴る。

「え……私も……？」

それは、ヒマラヤ杉の言葉だった。

「あっ、理沙さんだ！」

その時、聞き覚えのある声がした。

振り返れば、道の先から大学生の菜々が駆けてくる。彼女はそのままの勢いで日陰に飛び込んできた。

「ひぃ〜……こんにちは、今日は暑いですね……あー、ここ気持ちいいー……」

「こんにちは、菜々ちゃん。駅前以外で会うのは初めてね」

「あ。そういえば……」

菜々と会うのは、もうかれこれ五度目になる。

猫の源さんと一緒に人探しをしたその後、彼女には二度も会った。しかし、どれも駅前でのこと。

そしてここは、駅からは遠い住宅街の中である。

「私、今日は友達の家に遊びに行くんです」

「あら。お友達の？」

「はい。葉月——西野さんと一緒に」

菜々の話によると、レポートを届けた葉月とは、あれから大学でもよく話す仲になったのだという。

葉月は人懐こい性格で、友達も多かった。それで彼女に巻き込まれるようにして、菜々もいつの間にか交友の輪の中に入っていたらしい。

「あの時、力を貸してくれた理沙さんのおかげです」

「信じてよかった？」

「はい、もちろん！　不思議でしたけど……あ、そういえば」

そこで菜々は思い出したようにヒマラヤ杉を見上げた。

「不思議といえば、この木。ちょっと前まで元気がなかったんですよね」

「菜々ちゃんも気づいていた？」

「はい、何となくですけど……あの。もしかして、理沙さんが治したんですか？」

「どうしてそう思うのか、訊いてもいい？」

「理沙さん、動物と話せますし。それに……」

「それに？」

「前にも言いましたけど、魔女みたいだなって。理沙さんを見ていると、現代の魔女って感じがして……魔法だって使えるんじゃないかって思っちゃうんです」

言われて、理沙は目をぱちくりさせた。

一瞬、自分が魔女だと菜々にバレているのかと思ったのだ。

しかし、どうやらそうではないらしかった。

「って、すみません。想像力が豊かだねって、葉月にも呆れられてるんですよね」

「私は、素敵なことだと思うわよ」

「そうですか？」

「とっても」

「じゃあ、理沙さんは……魔女？」

「それでいいと思うわ。私は、全然、構わないし」

「そっか……じゃあ、そう思っておきます。理沙さんは魔女だ、って――」

「ところで菜々ちゃん。お友達のところには行かなくて大丈夫？」

「え？……あっ、まずい、遅れる！　すみません、理沙さん、また！」

「ええ。またね」

日陰から日射しの下へ、菜々は手を振りながら再び出ていった。

遠くなるその背を見送りながら、理沙は微笑んだ。

この街の人間のほとんどが、この街に魔女がいることを知らない。

でも、誰かは知っている。

その誰かがいるのは、〝今〟という時間ではないかもしれない。過去かもしれないし、未来かもしれない。

けれど、そういう誰かには、縁があれば、いつかは出会うのだろう。

これまでの出会いがそうだったように。

理沙がこの街と出会ったように。

「……さて。あなたがもうすっかり元気なのも分かったし、帰るわね。夏の間、バテないようにお互い頑張りましょう。特に、台風なんかには負けちゃやだめよ？　じゃあ」

またね、と言って、理沙はヒマラヤ杉の作る日陰から外に出た。

これから向かうのは、駅前の商店街。食材を買ってから帰る予定だ。日を追うごとに日射しが強くなってきたので、今日のように外出した時には買い出しをしておきたいと理沙は思っている。

バルコニーの菜園の手入れもしなくてはならない。

しばらく体調のせいでサボっていたので、すっかり荒れ放題なのだ。収穫できるものも食べ切れないくらい実っている。

「買い出しをして、菜園を整えて……それから、おいしいご飯を作りましょう」

行動指針を決めながら、理沙はゆっくり先に進む。

一日も、人生も同じ。

じっくりと、噛みしめるように。

しっかりと味わうように。

それが、現代の魔女が過ごす贅沢な時間なのかもしれない。

光文社文庫

文庫書下ろし
食いしんぼう魔女の優しい時間
著　者　三萩せんや

2022年9月20日　初版1刷発行

発行者　鈴木広和
印　刷　堀内印刷
製　本　ナショナル製本

発行所　株式会社　光文社
〒112-8011　東京都文京区音羽1-16-6
電話（03）5395-8149　編集部
8116　書籍販売部
8125　業務部

ISBN978-4-334-79425-5　Printed in Japan

組版　萩原印刷

光文社キャラクター文庫　好評既刊

ことぶき酒店御用聞き物語2　ホテル藤の縁結び騒動	桑島かおり
ことぶき酒店御用聞き物語3　朝乃屋の結婚写真日和	桑島かおり
ことぶき酒店御用聞き物語4　サクラリゾートのゴシップ	桑島かおり
ことぶき酒店御用聞き物語5　湖鳥温泉の未来地図	桑島かおり
博多食堂まかないお宿　かくりよ迷子の案内人	篠宮あすか
ドール先輩の修復カルテ	関口暁人
ドール先輩の耽美なる推理	関口暁人
営業の新山さんはマンションが売れずに困っています	タカナシ
社内保育士はじめました	貴水(たかみ)　玲(れい)

光文社キャラクター文庫　好評既刊

霊視るお土産屋さん3　幽霊騒ぎと残された銘菓	平田ノブハル
不思議な現象解決します　会津・二瓶漆器店	広野未沙
碧空(あおぞら)のカノン　航空自衛隊航空中央音楽隊ノート	福田和代
群青のカノン　航空自衛隊航空中央音楽隊ノート2	福田和代
薫風のカノン　航空自衛隊航空中央音楽隊ノート3	福田和代
江戸川西口あやかしクリニック	藤山素心(もとみ)
江戸川西口あやかしクリニック2　アーバン百鬼夜行	藤山素心
江戸川西口あやかしクリニック3　私の帰る場所	藤山素心
江戸川西口あやかしクリニック4　恋の百物語	藤山素心